Octavio ist Bäcker, sammelt Bücher und lernt durch eine Verkettung von Zufällen Isabeau kennen – die Liebe seines Lebens. Wir werden Zeuge einer gleichermaßen unwahrscheinlichen wie fabelhaften Liebesgeschichte, in der ein in grünes Leinen gebundenes Buch eine genauso große Rolle spielt wie ein halbblinder Uhrmacher, eine Buchhändler-Familie und ein Künstler. Und dann ist da noch die schrullige Stammkundschaft der Boulangerie …

Charles Scott Richardson, geboren 1955, lebt als mehrfach prämierter Buchgestalter und Autor in Toronto. Sein Debüt *Das Ende des Alphabets* (2015) erschien in dreizehn Ländern und wurde mit zahlreichen Preisen ausgezeichnet.

C. S. Richardson

Eines Morgens in Paris

Roman

Aus dem kanadischen Englisch von
Giovanni und Ditte Bandini

Atlantik

Die Originalausgabe erschien 2012 unter dem Titel
The Emperor of Paris bei Doubleday Canada.

Der Verlag dankt dem Canada Council for the Arts
für die freundliche Förderung dieser Übersetzung.

Atlantik ist ein Imprint des
Hoffmann und Campe Verlags, Hamburg.

1. Auflage 2021

www.hoffmann-und-campe.de
www.atlantik-verlag.de
Umschlaggestaltung: Lisa Busch © Hoffmann und Campe
Umschlagabbildung: © Getty Images / Thurston Hopkins / Freier Fotograf
Satz: pagina GmbH, Tübingen
Gesetzt aus der Dante
Druck und Bindung: GGP Media GmbH, Pößneck
Printed in Germany
ISBN 978-3-455-65091-4

HOFFMANN UND CAMPE

Ein Unternehmen der
GANSKE VERLAGSGRUPPE

Für Hannah und Alexander

Der Beobachter ist ein *Fürst*, der überall sein Inkognito genießt. Der Liebhaber des Lebens macht sich die Welt zur Familie, wie der Liebhaber des schönen Geschlechts sich eine Familie aus allen gefundenen, erreichbaren und unerreichbaren Schönheiten bildet; wie der Liebhaber von Bildern in einer Zauberwelt der Träume lebt, die auf Leinwand gemalt sind.

Charles Baudelaire
Der Maler des modernen Lebens, 1863

Für die geschwätzige Stammkundschaft der Bäckerei wird es unwiderstehlich: der Rauch in ihren Nasen, die Stimmen unter ihren Fenstern, die Schritte der Neugier im Anmarsch. Sie sind als Erste da, die Wichtigtuer, beschatten ihre schaulustigen Augen gegen die Sonne und tauschen ihre Theorien.

Merken Sie sich diesen Tag, sagt jemand. Wir erleben hier das Werk des Teufels. Nur der Satan würde eine Bibliothek verbrennen.

Es ist die Vorsehung, erhebt sich ein Widerspruch. Gottes Plan, der uns Sterblichen offenbart wird.

So oder so, sagt ein Dritter, ist es grausam. Wahrhaft grausam, einen guten Mann zu solch einem schrecklichen Schicksal zu verdammen.

Die besonneneren Kunden des Bäckerladens treffen ein. Manche, um ungläubig und wie angewurzelt auf dem Kopfsteinpflaster stehenzubleiben, andere, um hektisch auf und ab zu gehen, bereit, ihrem Bäcker irgendwie zu helfen. Ein alter Mann drängt sich durch die Menge und zieht an der blauen Tür des Bäckerladens. Die Schlösser halten stand, seine dicke Brille kommt durch die Anstrengung in Schieflage. Drei, vier Jungen zerstreuen sich auf der Suche nach Eimern; ein fünfter läuft los, um die Feuerwehr zu holen. Eine ältere Frau ruft ihm die Adresse hinterher.

Köpfekratzen und Händeringen. In der Sommerhitze werden Taschentücher aus Taschen und Ärmeln gezogen; Stirnen gewischt, Augen getupft, Münder bedeckt. Ein Hustenanfall, dann fragt jemand, ob einer den Bäcker gesehen hat.

Geht spazieren, könnte ich mir denken. Ist schließlich Sonntag.

Ein Glückstag also, und umso besser, dass unser Mann nicht hier ist. Stellen Sie sich vor, mit ansehen zu müssen, wie Ihr Leben in Rauch aufgeht. Ein noch größeres Glück, dass er nicht ebenfalls verkohlt ist.

Und was bleibt von diesem ganzen Glück, frage ich Sie, wenn er heimkommt und vor dem Nichts steht? Nachdem er so viel gesammelt hat, all diese Bücher? Das wird dem Mann das Herz brechen.

Wahrhaft grausam.

Die Menschenmenge wird zu einem kleinen unruhigen Meer vor dem Bäckerladen, jedes Gesicht zu einem perlenfarbenen Himmel gewandt. Sie schauen schweigend zu, halten ihre Kinder dicht bei sich, beten darum, dass die Feuerwehr nicht vom Verkehr aufgehalten wird. Über ihnen verschwindet die Wohnung des Bäckers.

Glimmende Flocken erblühen kurz in der schweren Luft, gleiten über hängende Schultern, ruhen einen Augenblick lang auf Schuhspitzen, sterben auf der Straße winzige Tode. Blicke hier und da: ein Satz, eine Phrase, ein verhallendes Wort treiben vorüber. Unter den verglühten weißen Stückchen sind Fetzen von rotem Leder und verschlissenen blauen Stoffen, die eingerollten, geschwärzten Ränder von Marmorpapieren, verschmorte Enden von Seidenbändchen, alles langsam zu Boden trudelnd.

An einem Julimorgen fängt es im 8. Pariser Arrondissement an zu schneien.

Seinerzeit war der Vater des Bäckers ein gefeierter Mann gewesen, obwohl er keinen offiziellen Titel innehatte. Nie hatte an der Tür seines Ladens das Schild gehangen: SEHEN SIE ÉMILE NOTRE-DAME, DEN DÜNNSTEN BÄCKER VON PARIS! Ebenso wenig war ihm je eingefallen, sich diese Eigenschaft zunutze zu machen und im Schaufenster den Hinweis zu platzieren: UND DOCH, WIE RUND SIND SEINE BROTE!

Seine magere Erscheinung war Quelle endloser Debatten unter den Stammkunden, wenn sie um ihr täglich Baguette anstanden. Manche behaupteten, Monsieur könnte ebenso gut unsichtbar sein. Mit diesen Beinen ist unser lieber Émile mehr denn aller Ehren wert. Andere waren sicher, dass es unter den zahllosen Bäckern der Stadt auch dürrere Kandidaten geben musste. Daraufhin gab jemand zu bedenken, dass es nicht Monsieurs Statur war, die ihn ehrenwert mache. Unser Mann leistet einen vorbildlichen Dienst, sagte er, seinem Handwerk ebenso wie uns. Er steht zu unchristlichen Uhrzeiten auf, backt uns bei noch so schlechtem Wetter gutes Brot und reicht es mit einem Lächeln und einer Geschichte über den Ladentisch. Von mir aus könnte er aus Zahnstochern gebaut sein.

Am Ende waren sie sich alle einig, dass es – in Anbetracht der Lockungen von Butter, Hefe und Eiern – an ein Wunder grenzte, wie ein Bäcker in Frankreich überhaupt so schlank sein konnte.

Das Volumen der Bäckersfrau gab nie Anlass zu Diskussionen. Eine Frau von italienischer Abstammung und hitziger Religiosität, war Madame Immacolata Notre-Dame ansonsten von großzügiger Rundheit. Einzig ihr Kopf war klein: eine zierliche Kugel, bedeckt mit straff ins Genick gezogenem Haar, die durch die hochgeschlossenen Kragen von Madames Blusen umso kleiner wirkte. Niemand redete sie mit Immacolata an. Für alle war sie schlicht und fromm Madame; und ihr Émile war jedermanns Monsieur.

Die Bäckerei nahm das Erdgeschoss eines schmalen keilförmigen Gebäudes ein, das im ganzen Viertel als *das Tortenstück* bekannt war. So weit irgendjemand zurückdenken konnte, stand in verschnörkelten Holzbuchstaben über ihren Schaufenstern

BOULA GERIE NOTRE-DAME

, wobei das N schon immer gefehlt hatte.

Alle, die den Laden besuchten, waren sich darin einig, dass die Beschilderung ebenso charmant war wie das gequetschte Dreieck von Gebäude, das die Bäckerei beherbergte, und das Dick und Dünn von deren Besitzerehepaar. Dennoch gab es Forderungen, dass Monsieur eine Reparatur vornähme. Die aufgeregteren Stammkunden beharrten, Touristen könnten, wenn sie irgendwo falsch abbogen und sich außerstande sahen, *Boula* und *gerie* zu entschlüsseln, zum Herumlungern verlockt werden. Sie werden sehen, Monsieur, wie sich diese armen Geschöpfe zur Mutmaßung versteigen, das unterbrochene Wort könnte *Kathedrale* bedeuten. Was sie nur umso ängstlicher machen wird, weil sie sich fragen werden, ob sie überhaupt im richtigen Arrondissement sind. Dann werden sie ihre Koffer entleeren, auf der Suche nach Sprachführern und Stadtplänen. Und dann, Monsieur, wird das Unausweichliche geschehen: Unterwäsche und Strümpfe, und der Himmel weiß, was noch, werden über die ganze Straße verstreut.

Um diese Bedenken zu zerstreuen, dachte sich Monsieur dann eine Geschichte über das Verschwinden des Ns aus. Er fing etwa damit an, dass er behauptete, Napoleon selbst habe es geklaut. Der General erwachte dann in der Gestalt Monsieurs zum Leben: wie er eine wackelige Leiter hinaufkletterte, sich nach dem ersehnten Buchstaben reckte, störrische Nagelköpfe mit den Fingern herauspulte. Und mit jeder Nacherzählung änderte sich der Verbleib des verschollenen Konsonanten. Einmal tauchte er im Invalidendom auf, mit Tapetenkleister an den Deckel des Sarkophags des großen Mannes geklebt. Monsieur sprang von der letzten unsichtbaren Sprosse und verbeugte sich tief.

Sie dürfen es gern zurückholen, meine Freunde.

Dass die Bäckerei sich in einem Gebäude befand, das nach einem Süßgebäck benannt war, stellte eine Ironie dar, die niemandem entging. Seit Jahrhunderten herrschte in der Welt eine Ordnung, eine naturgegebene Aufteilung gastronomischer Handwerksberufe. Bäcker kneteten ihren Teig, Konditoren echauffierten sich über ihr Marzipan. Jeder blieb für sich, ärgerlich genug, wenn der Zufall ihn an des anderen Laden vorbeiführte. Wollte man seine Familie ernähren, ging man zur *boulangerie.* Das Gelüst nach einer Makrone bedeutete einen Gang zur *pâtisserie,* und zwar einen flotten. Die Ordnung war richtig: Jeder wusste, dass es Unsinn war, beim Obsthändler nach einem Kürbis zu fragen; Hunde und Katzen im selben Wurf bedeuteten das Ende der Zivilisation.

Aber wir leben in modernen Zeiten, beeilten sich die Stammkunden zu erinnern. Wir müssen uns ändern, so wie die Welt es tut, Monsieur.

Viel zu leichtfertig für Monsieurs Geschmack. Brot war der Stoff des Lebens, für ihn der Stoff von Generationen: Die Notre-Dames waren so lange schon Bäcker, wie es überhaupt Notre-Dames gab. Wir haben Könige und Waschfrauen gespeist, pflegte er zu verkünden. Unsere Brote haben zahnende Säuglinge beruhigt und Revolutionen ausgelöst. Ich frage Sie: Würden Sie etwa das Cassoulet Ihrer Großmutter mit einer Handvoll Aprikosenmarmelade auftunken? Ich hoffe, doch wohl nicht.

Nein. Monsieur würde eine Zunft, die älter als die Pyramiden war, nicht dadurch verraten, dass er mit Crèmes und Glasuren herumalberte. Andere mochten ihre Éclairs neben ihren Bauernbrötchen anbieten – um Himmels willen nicht in derselben Vitrine! –, aber derlei Verbrüderung war nicht sein Fall. Eher lasse ich mich mit Mousse ausstopfen, knurrte er, als dass ich anfange, Eischnee in eine Torte zu löffeln und als Erfolg meiner Bemühungen vier Wochen verdorbenen Magen auftische.

Die gesamte Kundschaft hielt treu zu diesem Glaubensbekenntnis, wenngleich es vorkam, dass, sollte Monsieur sich eine Pause von den Öfen gönnen und zu seiner Frau nach oben begeben, einem Stammkunden eine leise Anspielung auf Himbeertörtchen entschlüpfte.

Die Wände des Bäckerladens waren mit Allegorien geschmückt: Eine rotwangige Frau drückte ein Bukett von Weizenähren an ihren Busen; ein lachender Bäcker schniefte Duftwölkchen aus einem glühenden Backofen; geflügelte Kleinkinder stemmten Tabletts von Pains au Chocolat für die Frühstückstafel der Götter. Eine Vitrine zog sich über die ganze Länge des Ladens hin, die Reihen von Hefezöpfen, wie Liebende, Kurve für Kurve aneinander geschmiegte Croissants, mit den eingeritzten Initialen N-D versehene Landbrote und Baguettes in zweierlei Längen zur Schau stellte. Neben dieser Vitrine thronte die Registrierkasse, ein eisernes Ungetüm, das zum Öffnen der Schublade einen ordentlichen Fausthieb erforderte. Weidenkörbe standen überall herum, in ständiger Gefahr, umgestoßen zu werden, und überquellend von verschiedenerlei Roggenbrot, Weizenbrötchen mit süßen versteckten Rosinen und Monsieurs sanft würzigen Kräuterbrioches.

Über der Tür zum Keller und seinen Öfen hing ein Kalender, der ein einzigartiges, himmlisches Bier bewarb. Der Kalender zeigte ein in Rosa- und Violetttönen gehaltenes Porträt der Heiligen Maria höchstpersönlich mit ekstatisch verdrehten Augen und orangefarbenen Lichtstrahlen, die aus ihrem Kopf hervorbrachen. Eine goldene Flasche schwebte, in der heiligen Wärme schwitzend, in den Wolken über ihr.

Sobald der letzte Kunde bedient und verabschiedet war, stiegen Monsieur und Madame die Treppe zu ihrer Wohnung ins oberste Stockwerk des Tortenstücks hinauf. Morgen für dunklen Morgen runter und die Öfen anfeuern, den Marmor polieren, die Körbe aufstellen. Abend für Abend rauf nach Haus und ins Bett.

Der Notre-Dame'sche Haushalt war tragfähig, aber leicht abschüssig, ein auf Grund gelaufenes Boot bei Ebbe. Küche und Wohnzimmer waren ein einziger Raum, mit zwei abgewetzten Sesseln ausgestattet. Der Esstisch stammte aus einem Café in der Nähe des Tortenstücks, ein Hochzeitsgeschenk des Eigentümers. Der Badezimmerfußboden neigte sich zu einem Schlafzimmer hin, wo Monsieur mit Vergnügen das Bett verrückte, wann immer Madame die Kleiderschrankschublade aufzuziehen wünschte. Der Dachboden, zu erreichen über eine Wendeltreppe, die unerklärlicherweise von der Mitte der Wohnküche aufstieg, war eine Stätte ungehobelter Balken und mauselöchriger Ecken. Wenn sich Monsieur in einem bestimmten Winkel aus dem Dachbodenfenster lehnte und die Versammlung von Tauben verscheuchte, konnte er einen Ausblick über die Schornsteine des Arrondissements hinweg genießen.

St. Honoré, der Schutzheilige der Bäcker, starrte aus Gebetszetteln, die überall in der Wohnung angebracht waren. Eine von Papierstreifen, die Madames Lieblingsverse markierten, schon ganz aufgequollene italienische Bibel machte die komplette Notre-Dame'sche Bibliothek aus.

Wer erstmals, am hinteren Ende der morgendlichen Schlange, vor der Boulangerie Notre-Dame stand, konnte sich gut ablenken, bis er an die Reihe kam. Wenn er endlich den Laden betreten hatte, konnte er etwa die bemalten Kacheln bewundern. Oder zusehen, wie der Vorrat an Baguettes vor seinen Augen dahinschwand, und bangen, ob noch welche übrig sein würden, wenn er den Verkaufstisch erreichte. Oder seine Aufmerksamkeit auf Monsieur und Madame richten, die sich hinter der Vitrine tummelten. Ein ungleiches Paar, dachte der Neuankömmling dann vielleicht bei sich, tippte seinem Vordermann auf die Schulter und fragte, wie dieser merkwürdig magere Bäcker und seine gewichtige bessere Hälfte sich kennengelernt hatten. Köpfe drehten sich um, Kehlen räusperten sich, und das Bienenhaus der Bäckerei kam zum Stillstand.

Ein Stammkunde sagte dann, es war Erdbeer. Ein anderer erwiderte: Nein, es war Himbeer.

Wie Sie meinen, aber ich weiß genau, dass es nah beim Fluss geschah.

Im Park, wollen Sie sagen.

Monsieur legte dann vielleicht den Arm um Madames Taille. Wenn ich mich recht erinnere, waren wir auf dem Boulevard, sagte er.

Na dann, Monsieur, war es gewiss an einem Samstagabend.

Sonntagmittag, entgegnete darauf Madame, mit dem Anflug eines Lächelns, und legte den Kopf an die Schulter ihres Mannes. Ohne darauf zu achten, schlossen die Diskutierenden dann einen Kreis um den Neuen.

Sie müssen sich unseren Bäcker da vorstellen, wie er an seinem Ruhetag dahinschlendert, den Kopf –

wie üblich in den Wolken, damit beschäftigt, eine neue Geschichte zu ersinnen, als –

er an einer Konditorei vorübergeht und –

den Blick abwendet, wie es sich für einen anständigen Bäcker gehört, und –

so die junge Schönheit übersieht, die gerade aus dem Geschäft herauskommt.

Madame sah dann ihren Mann an. Ich aß gerade ein Törtchen, nicht wahr?

Monsieur küsste seine Frau auf die Wange. Eine Leckerei, sagte er dann. Nach der Messe.

So ereignete sich der unvermeidliche Zusammenstoß: durch den Monsieur im Rinnstein landete, Madame den größten Teil des Törtchens über das Gesicht geschmiert bekam. Er sprang auf, kampfbereit, und wandte sich seinem Gegner zu. Und da stand sie, richtete ihr Schultertuch, wischte sich Vanillepudding vom Kleid und stieß errötend ein Sortiment italienischer Flüche aus. Sie war das schönste Geschöpf, das er je gesehen hatte. Er strich sich die Haare glatt und kramte in seinen Taschen nach einem Taschentuch. Als er es gefunden hatte, wartete er kurz ihr Nicken des Einverständnisses ab. Er wischte einen Tropfen Himbeermarmelade von ihrem Mundwinkel. Sie starrte unverwandt in seine strahlend grauen Augen.

Da haben Sie's, schloss dann einer. Ich wusste doch, dass es Himbeer war.

Was zählt, fügte Monsieur dann hinzu, ist, dass es rot war.

Auf jenem Gebäck bauten Émile und Immacolata ihr gemeinsames Leben auf, wenngleich keiner, der sie kannte, die Kühnheit besaß anzumerken, dass dieses Glück, ausgerechnet!, vor einer Konditorei seinen Anfang genommen hatte.

Es folgten die Sonntagnachmittage in einem kleinen Café nah der Boulangerie Notre-Dame: stets derselbe Außentisch, zu jeder Jahreszeit, ein paar Tische weiter ihre Mutter als Anstandsdame. Émile kam immer mit der Sonntagszeitung unter dem Arm an, breitete schwungvoll die Titelseite aus und spann ein Märchen um die vielen Bilder. Immacolata verdrehte die Augen oder hielt den Atem an, immer an den richtigen Stellen, ohne sich daran zu stören, dass ihr gutaussehender Bäcker seine Geschichten nie damit begann, dass er die Schlagzeile las.

Einmal war auf der Titelseite die Enthüllung einer gigantischen Marmorstatue in einem fernen Museum abgebildet. Émile sprach vom Marmor in seiner Bäckerei, erklärte mit tiefer Stimme und zahlreichen Kunstpausen, dass die Platten und Fliesen über ein – von Haien und Meerjungfrauen wimmelndes – Meer gekommen waren, direkt von den Steinbrüchen Siziliens.

Aber auf Sizilien gibt es gar keinen Marmor, sagte Immacolata. Die haben einen Vulkan. Dort gießen sie ihre Statuen aus geschmolzener Lava.

Aber ich bin mir sicher, dass mein Marmor aus Italien gekommen ist. Ganz sicher – per Schiff – übers Meer – wimmelnd –

Dann hat seine Seereise in der Toskana begonnen. Wie ich.

Und die Haie – die Meerjungfrauen?

Immacolata warf einen Blick hinüber zu ihrer Mutter, die ein paar Tische weiter saß, legte dann ihre Hand auf Émiles.

Sie schwimmen noch heute, soweit ich weiß. Ich war damals noch klein, aber ich erinnere mich, dass ich sie durch die Stäbe der Reling beobachtete, während wir davonsegelten.

Der Frühling 1901 erlebte die Trauung Émiles und Immacolatas in einer Seitenkapelle der Kirche von Saint-Augustin. Es folgte eine kleine Feier in der Bäckerei. Émile hatte die Windbeutel für das Dessert selbst gebacken, ohne einer Menschenseele zu verraten, dass er sich – unter dem Vorwand eines nächtlichen Spaziergangs – mit einem Konditor im Neunten zusammengetan hatte, um die Crèmefüllung für die Gebäckstücke anzurühren.

Ein paar Kunden hatten ein Duo von Cello und Violine engagiert. Natürlich drängelten sich die Stammkunden ganz vorn in der Schlange um einen Tanz mit Madame.

Jeden Sonntagmorgen zog sich Madame einen Schal über den Scheitel, legte die flache Hand auf den nächstliegenden St. Honoré und brach zur Kirche auf. In schlankeren Jahren hätte man sie auf den Knien zur Messe rutschen sehen können, und einmal machte sie, freudig wie eine Märtyrerin, die Pilgerfahrt nach Chartres auf die gleiche Weise, indem sie ab dem Bahnhof Montparnasse den Gang des Waggons kniend vor und zurück kroch. Während der Messe betete sie ununterbrochen, die Hände ringend, die Knöchel weiß, zum Erzengel Gabriel um Kindersegen.

Sobald seine Frau zum Gottesdienst gegangen war, zog Monsieur seinen einzigen schwarzen Anzug an, stieg von den Pantoffeln in seine Sonntagsschuhe, kämmte sein unbändiges Haar, knöpfte sich seinen einzigen Kragen zu und stieg hinunter in die Bäckerei. Nachdem er den Verkaufstresen mit dem Ärmel blank poliert hatte, trat Monsieur ins Freie, inhalierte einen mehlstaubfreien Morgen und platzierte sein knochiges Gesäß auf den Bordstein. Erst dann lehnte er sich gegen die blaue Tür des Bäckerladens und begann, die Bilder in seiner Zeitung zu studieren.

An einem Nachmittag im Dezember 1907 – ein Nordwind stach auf die Schaufenster der Bäckerei ein – erhielt Madame eine Antwort auf ihre Gebete. Hinter dem Tresen stehend, legte sie sich eine Hand an die Wange und bekreuzigte sich. Dann klemmte sie sich die Finger in der zuschnappenden Schublade der Registrierkasse ein.

Der Nächste?, sagte sie, möglicherweise zu laut.

Während des folgenden Sommers schien Madame ihren Umfang zu verdoppeln. Der Morgen des achten August fand sie kreißend im Keller der Bäckerei, auf demselben Tisch, auf dem, wäre es ein beliebiger anderer Samstag gewesen, Monsieur seinen zweiten Schwung Baguettes hätte in Arbeit haben müssen. Trotz der frühen Stunde versprach der Tag bereits der heißeste des Sommers zu werden.

Backöfen auf voller Hitze, gehende Teige, die aus ihren Blechformen überquollen, oben ein Laden voll Kunden, die sich besorgt fragten, ob jemand einen Arzt holen gegangen war, während die Klatschmäuler unter ihnen sich für heißes Wasser und kalte Tücher aussprachen und so viele Fenster wie möglich öffneten oder schlossen – alles zusammen trug dazu bei, die Bedingungen in der Bäckerei schwieriger zu machen, als irgendwer hätte erwarten können.

Gegen Mittag war ein leiser Schrei vom Keller her zu vernehmen. Alle im Laden grinsten und klopften sich gegenseitig auf die Schulter, machten sich dann auf die Suche nach Champagner und den guten Kristallgläsern. Monsieur legte seinen neugeborenen Sohn in eine Schüssel voll ruhendem Teig. Er wischte seiner Frau die Stirn und strich ihr das Haar glatt und schmunzelte über seinen eigenen Spruch.

Ein ganz schöner Laib, den du da gebacken hast, mein Liebes.

Alles in Madames Kopf löste sich und verwirbelte in Schwärze. Halbnackt, aufgeschwemmt und zerrissen jedem Blick preisgegeben, geriet sie wegen der plötzlichen Leere in ihrem Inneren in Panik. Wegen der Tatsache, dass sie für das zitternde Ding, dessen rosa Fäustchen über den Rand der Schüssel neben ihr schwankten, nichts empfand. Sie wartete auf das Glücksgefühl, die Erleichterung, die Erregung, den Frieden.

Monsieur flüsterte, dass der Junge einen Namen brauchen würde.

Madame wandte sich ab, ihre Gedanken taumelten in tausend Richtungen. Sie hatte sich die Knie wund gebetet. Sie war so genau, so achtsam, so übervoll von Glauben an Gabriels Güte gewesen. Sie konnte sich keines Tages entsinnen, an dem sie nicht vom Muttersein geträumt hatte. Sie hatte sich dieses Kind schon gewünscht, als sie selbst noch ein Kind gewesen war. Jetzt wollte die Angst nicht verschwinden. War das Gabriels Vergeltung für ihre Selbstsucht? Eine Gabe zu gewähren, nur um ihr zugleich jeden Wert zu nehmen? Madame starrte ihren Mann an, und Tränen füllten ihre Augen, flossen über ihre Wangen und bildeten Pfützen auf dem Marmor unter ihr.

Ich gebe mir solche Mühe, sagte sie.

Monsieur rang sich ein Lächeln ab. Ruh dich jetzt aus, mein Liebes. Ich werde mir etwas überlegen.

Der Junge verbrachte seine erste Nacht, in Windeln gewickelt, in der Schublade des elterlichen Kleiderschranks. Er schlief, wie bei Neugeborenen üblich, friedlich und ahnungslos.

Am nächsten Morgen zeigte Monsieurs Zeitung den Moment, nachdem ein Zug mit einem Elefanten kollidiert war. Das verdutzte Tier sauste durch die Luft, während der Lokomotivführer den Kopf aus dem Lokfenster reckte und mit rot geblähten Backen in seine Trillerpfeife blies. Die Schlagzeile erklärte: SELTSAMES EISENBAHNUNGLÜCK IN SIAM!!

An jedem anderen Sonntag hätte Monsieur eine fantastische Geschichte zustande gebracht – und er hätte es nicht erwarten können, sie seiner Frau nach ihrer Rückkehr von der Messe zu erzählen. Tiere, Vögel, mythische Kreaturen: Das waren seine Spezialitäten. Der Elefant hätte sich in einen wahnsinnigen Ausreißer verwandeln können, einem afrikanischen Wanderzoo entsprungen. Oder zu einem, durch ein Missgeschick am Stadtrand aufgehaltenen, Geschenk des Maharadschas von Kalkutta für den Bürgermeister von Paris werden können. Er hätte Madame eingeladen, sich zu ihm auf die Türstufe des Bäckerladens zu setzen, und sich dann in einen zappeligen Kommunalbeamten verwandelt, der seine Uhr schüttelte, um festzustellen, ob sie noch lief, oder in einen würdevollen und aufgeblasenen indischen Fürsten, der sich, Entschuldigungen stammelnd, verbeugte und dabei versuchte, seinen Turban auf dem Kopf zu behalten.

Doch der Kopf eines frischgebackenen Vaters ist von anderen Träumen und anderen Sorgen erfüllt. Monsieur bekam gerade mal das Datum der Zeitung mit: *8. 8. 08.*

Monsieur hastete durch den Bäckerladen und die Treppe hinauf bis zum obersten Stock des Tortenstücks. Er hörte schon das

Quäken und Japsen seines heulenden Sohnes. Er fand seine Frau im Schlafzimmer vor, wie sie, das Gesicht zur Decke gewandt, den Säugling zu stillen versuchte.

Octavio, sagte er, wobei er das *avio* zu einem *ahhvio* dehnte und die Zeitung über seinem Kopf schwenkte. Verstehst du, mein Liebes? Achter Tag, achter Monat, achtes Arrondissement.

Madames Augen waren verquollen; ihr Haar hing in klitschnassen Strähnen herunter.

Dein Sohn, sagte sie.

Unser Sohn.

Seine Frau gab keine Antwort, als Monsieur das Zimmer verließ, um ein Fläschchen Milch aufzuwärmen. Draußen hing der Himmel in der Sommerhitze über dem Tortenstück durch, drohte einen Wolkenbruch an.

Der Bäcker eilt heimwärts, Richtung Westen jetzt, die Sonne im Gesicht. Er trägt ein mit Bindfaden verschnürtes Bündel, drei grüne gebundene Bücher. Die Last knallt ihm bei jedem Schritt gegen die Beine; die raue Schnur schneidet ihm in die Hand. Er nähert sich dem Ende einer wohlvertrauten Route, aber an diesem Tag birgt es keinen Trost.

Der Sonntag hatte wie jeder andere davor begonnen. Er war von der Bäckerei aufgebrochen, den Kopf voller Möglichkeiten. Eine Woche ist vergangen, dachte er. Bestimmt hatte sie sein Geschenk gefunden. Sie konnte schon da sein, selbst zu dieser frühen Stunde, im Park warten und rätseln, wer etwas so Schönes zurückgelassen haben mochte. Ob sie wohl wusste, dass es für sie gedacht war?

Während er dahineilte, hatte er sie sich vorgestellt. Sie saß auf ihrem Stuhl am Becken mit den Booten, löste in der Wärme des Julimorgens ihren Schal und lächelte während des Lesens. Jetzt schrieb sie etwas. Notierte sich, da war er sich sicher, ihre Lieblingsgeschichte, die eine unter tausend, die *ihm* schon immer die liebste gewesen war.

Den ganzen Morgen lang hatte er versucht, seinen gewohnten Rhythmus und Zeitplan beizubehalten. Er hatte seinen Lieblingsbücherstand am Fluss aufgesucht. Dennoch hatte er mit dem Besitzer kaum ein paar Worte gewechselt, rasch seine Bestände gesichtet und sich dann, ohne groß nachzudenken, für die grünen entschieden. Er hatte den Pont des Arts fast im Laufschritt überquert. Er hatte sich gezwungen, nicht hinzusehen, während er durch die Tuilerien auf das Becken zuging.

Aber er hatte ihren leeren Stuhl gesehen. War er spät dran, hatte er sie verpasst? Oder hatte jemand anders es gesehen, es für etwas Vergessenes gehalten, weggeworfen? Er hatte gewartet. Die Frau tauchte nicht auf. Schließlich begann ein Parkwächter, die um das Wasser verstreuten Stühle an ihren Platz zurückzuziehen. Dann hob der Alte ihren Stuhl hoch, staubte ihn mit der Hand ab und trug ihn die paar Schritte zu den Bäumen. Den hatte seit einer Weile niemand mehr benutzt.

Der Bäcker kommt an einem Café vorbei und stolpert über die ausgestreckten Beine eines Herrn, der auf der Terrasse sitzt. Der Mann schenkt ihm keine Beachtung, während er mit seiner Zeitung jongliert, sie an den Rändern fasst, versucht, sie verkehrt herum zu falten, sich ärgert, dass seine Arme nicht lang genug sind. Er schließt die Zeitung, um sie längs zu falten, lässt eine Hand von der oberen Ecke hinuntergleiten, während die andere den unteren Rand festhält. Er schafft es nur, seine Handgelenke zu verknoten und die Zeitung falsch herum zu falzen. Der Bäcker findet sein Gleichgewicht wieder und schlurft weiter.

Jetzt durch einen kleinen Park. Beim Karussell drängen sich Kinder um einen Gewichtheber aus dem Zirkus, hüpfen dabei wie auf ihren Betten auf und ab, die Finger nach unsichtbaren Zimmerdecken ausgestreckt. Der Kraftprotz hält in einer Hand ein Buch. Mit der anderen stemmt er mit gespielter Anstrengung, ohne die Augen von seiner Lektüre zu wenden, einen Stuhl. Auf dem Stuhl sitzt ein quiekendes Mädchen. Sie winkt ihren Freunden zu, die unten die Arme um die starken Beine des Gewichthebers schlingen. Auf dem Karussell verharren weiße Pferde im Galoppsprung und warten auf ihre abgelenkten Reiter.

Der Bäcker kommt an zwei alten Frauen vorbei, die auf einer Bank sitzen. Jede liest in einem Exemplar ein und desselben billigen Taschenbuchs. Die eine zieht eine Grimasse, als habe man ihr einen Stich ins Herz versetzt, und klappt das Buch zu. Im selben Moment schnappt die andere hinter vorgehaltener Hand nach Luft und reißt die Augen auf.

Ein mit Eis und Messern bewaffneter Dezemberwind raffte in einer nordischen See seine Röcke. Er stieg bei Calais an Land, schwankte, bis er die Straße nach Paris fand, stöhnte sich südwärts durch dichte, alte Wälder, zog auf der Hauptstraße in Beauvais ein, hielt inne vor der Kathedrale, kreiste um den Marktplatz, lüpfte dann seinen steifgefrorenen Rocksaum und schlüpfte ungebeten unter der Tür des einzigen Bekleidungsladens der Stadt durch.

Um dann die kräftigen Schenkel Pascal Normandes zu umspielen, der hinter der Tür kniete und in einer mit Pfauen bestickten Weste, einem makellosen Anzug, Vatermörder, Seidenkrawatte und Perlennadel steckte. Er strich mit den Fingern entlang des Türrahmens, um die Zugluft zu messen. In einer solchen Haltung erglühte sein Gesicht in einem besorgniserregenden Dunkelrosa. Seine fülligen Lippen verzerrten sich zu einem höhnischen Lächeln.

Zum Teufel mit diesen gottverdammten Bauern, sagte er.

Ächzend stand er auf, klopfte sich die Hosenknie ab, zog seine Weste glatt, zupfte an seinem Kragen und spähte durch ein frostgeblümtes Fenster auf den menschenleeren Platz.

Zum Teufel mit ihnen allen.

Pascal hatte an diesem Tag nicht mehr Kundschaft gehabt als am Vortag, oder am Tag davor, oder im vergangenen Monat, oder im ganzen Jahr, seitdem er das Atelier Normande eröffnet hatte. Dennoch vergewisserte er sich mit einem Rundblick, dass alles bereit war. Parat, hätte er vielleicht gesagt, wäre das Wetter nicht so kalt gewesen.

Zergliederte Kleiderpuppen lehnten an den eisigen Wänden. Regalböden bogen sich unter der Last von Textilien: Ballen von Braun- und Grüntönen, eine Auswahl von irischen Tuchen, seltene Satins, safranrote Kattuns aus den Färberkesseln Marokkos. Im Schaufenster trug ein Chor von Köpfen eine Kollektion von, so verkündete das Reklameschildchen, CHAPEAUX MERVEILLEUX!, deren aeronautische Krempen von dickem Landstaub bedeckt waren. Eine Reihe von Damenschuhen stand, die Spitzen akkurat ausgerichtet, längs der Ladentischfront.

Hinter welcher: Madame Céleste Normande. Durch die Temperaturen im Geschäft genötigt, von ihrer gewohnten Kleiderordnung abzuweichen, war sie in eine kratzige Decke gehüllt, die sicher einen Ausschlag hervorrufen würde. Sie sah zu ihrem Mann hin, und ein Wölkchen von Dampf entfloh ihren zusammengebissenen Zähnen.

Paris, sagte sie.

Pascal Normande war im 20. Arrondissement der Metropole als der uneheliche Sohn einer Lohnschneiderin zur Welt gekommen. Sie hatte ihren Jungen vergöttert, nur um sich im Hinterzimmer eines muffigen Modegeschäfts zu Tode zu nähen. Der erste Anzug, den er besaß, war derjenige, den er zu ihrem Begräbnis getragen hatte. Er hatte ihn selbst geschneidert, waren doch diese dunklen Tage und Nächte an ihrer Seite nicht spurlos an ihm vorübergegangen; seine Knopflochnähte waren ein so würdiger Tribut wie die schönste Totenrede. Er gelobte an ihrem Grab, dass er der Normande sein würde, an dem das Schicksal der Familie genesen sollte.

Céleste Renault war die Tochter eines Dienstmanns, der durch die besseren Hotels der Boulevards die Runde gemacht hatte. Als Mädchen hatte sie immer ihr saubersten Kleidchen an, zog den Saum hinunter, um ein Loch im Knie ihrer Strümpfe zu verdecken, und holte ihren Vater am Ende seiner Schicht ab. Sie saß in seinen Foyers unter den Kübelpalmen und übte erwachsene Posen, bewunderte die Gäste, die kamen und gingen. Die Haufen von Reisekoffern lösten stets einen Kicheranfall aus, wenn sie die Drehtüren verstopften. Auf dem Heimweg fragte sie dann ihren Vater, wo das Gepäck hergekommen war. Die messingbeschlagenen Überseekoffer, die Leder-Schrankkoffer, die so hoch waren wie sie, die wie Geburtstagstorten dekorierten Hutschachteln.

Wie viel würde da hineinpassen, Papa?

Eine ganze Welt, sagte dann ihr Vater immer. Eine, wie du und ich sie nie zu Gesicht bekommen werden.

Sie wuchsen im 20. auf, Céleste oben auf dem Hügel von Bellerive, Pascal an dessen Fuß. Doch ihre Wege kreuzten sich erst auf der Weltausstellung von 1900.

Die zentralen Ausstellungshallen und Pavillons umrundend, war die große Attraktion der Expo die »Straße der Zukunft«: Der Ausstellungskatalog beschrieb sie als DER BIS HEUTE UNERFÜLLTE WUNSCHTRAUM EINER EPOCHE! Die Konstruktion bestand aus zwei Laufbändern aus Holz, die mit unterschiedlichen Geschwindigkeiten dahinglitten. Langsam und behäbig, war die innere Bahn als diejenige für Menschen mit schwacher oder gebrechlicher Konstitution – Frauen, Kinder, Geistliche – ausgewiesen. Die Außenbahn bewegte sich doppelt so schnell.

Zu einem jungen Mann herangewachsen, stand Pascal an der Außenseite, hielt sich am Geländer fest und versuchte, trotz seines Tempos entspannt auszusehen. Nahe dem russischen Pavillon überholte er einen gigantischen schwarzen Hut auf dem langsameren Laufband, dessen Krempe das Gesicht Célestes beschattete. Zwar hatte der Hut schon ein, zwei Saisons auf dem Buckel, doch was dem Kenner Pascal ins Auge fiel, waren die orangefarbenen Fasanenfedern, die über die Hutkrone ragten. Er erkannte sie sofort als einen Trick, einen kostengünstigen Kniff, der, auf dem richtigen Kopf angewandt, den Betrachter daran hindern konnte, weniger modische Details eines Ensembles zu bemerken. Und er merkte, dass es bei ihm gewirkt hatte: Er begann, langsam rückwärts zu gehen, um auf einer Höhe mit dieser Erscheinung zu bleiben. Er lüftete seine Melone und beglückwünschte die junge Dame zu ihrer Kleidung. Céleste musterte das penibel gescheitelte Haar, die athletischen Schultern, die schmalen Hüften, die schimmernden Schuhe. Sie reichte ihm ihre Hand. Pascal ergriff sie, und ohne einen Augenblick zu zögern, stieg Céleste von der langsameren Bahn auf die seinige um. Gemeinsam zogen sie davon, auf den Palast der Elektrizität zu, während die langen, spitz zulaufenden Enden der Federn sich im Fahrtwind wiegten.

Céleste glaubte einst, dass ihr Mann das tun würde, was er an dem Tag gelobt hatte, an dem endlich ein winziger Smaragdring aus seiner Tasche aufgetaucht war: Er, der enthusiastische Pascal, würde ein Leben für sie aufbauen, in dem an jedem ihrer Finger ein Edelstein blitzen würde. Sie, sein liebstes, liebstes Herz, würde unter wolkenlosen Himmeln leben. Sie, die frisch verlobten Normandes, würden mit Eleganz und Stil ins zwanzigste Jahrhundert eintreten. Sie würden vielleicht gezwungen sein, diese Wanderung außerhalb von Paris zu beginnen, da die Mieten nun einmal so waren, wie sie waren, aber früher oder später würde die Metropole sie anflehen zurückzukehren.

Spätestens am Abend ihres ersten Tages in Beauvais war *einst* für sie ein Wort aus dem Märchenbuch geworden.

Madame Céleste raffte die Decke fester um ihre Schultern und warf Pascal seinen Schal und Handschuhe zu. Ein Lächeln, so kalt wie ihre Finger, knitterte ihr Gesicht.

Paris –, war alles, was sie sagte.

Schon Ende der Woche waren die Normandes ausgezogen; verlassen knallten die Fensterläden im Winterwind. Den Verlust eines guten Schneiders nahmen die Bürger von Beauvais, wie einst die Ankunft der Armeen, die im Mittelalter ihre Felder zu Matsch getrampelt hatten, mit charakteristischem Stoizismus und trockenem Humor. Der Dezember 1907 ging in die Stadtgeschichte als wettermäßig ungewöhnlich ein.

Das Atelier Normande feierte seine Wiedereröffnung am ersten Tag des neuen Jahres mit der Enthüllung seiner Schaufenster in einer Pariser Nebenstraße nahe, aber nicht nah genug, den renommierten Modehäusern. Eine Sommerkollektion wurde vorgestellt – die meisten Rezensionen nannten sie wunderlich –, Petits Fours wurden gereicht, Pascal wieselte umher.

Eine Zeitung immerhin kommentierte Madame Célestes Kleid. Während Madame den Artikel überflog, blickte sie immer wieder an sich hinab:

> das Ensemble der Gastgeberin – ein furchtloser Schlag gegen die Konvention – Kaskaden von Samt und Seide – *magnifique, magnifique* – gefährlich aufregend – geschmeidige Terrains um Schulter und *décolletage* – die Pariser –

Londoner – New Yorker Damenwelt wird ihre trostlosen Garderoben gründlich überdenken – *brava!,* wird sie ausrufen, während sie ihre schlaffen Nähte aufreißt – ihre Taillen und Rocksäume überarbeitet – *brava,* Madame Céleste!

Sie wandte sich zu ihrem Mann. Das will ich ihnen aber auch geraten haben, sagte sie.

Der Augusthimmel hatte aufgeklart. Pascal Normande zupfte einen Schlüssel aus seiner Weste, schloss den Laden ab und überließ die Zuschneiderinnen und Näherinnen und Büglerinnen ihrer Nachtarbeit. Eine neue Saison nahte, und Bereitsein war alles.

Wie Pascal glaubte, erwartete eine Kundin des Ateliers Normande Pünktlichkeit, andernfalls wechselte sie augenblicklich ihr Revier. Der Bequemlichkeit halber vergaß er, dass seine Kundinnen nicht diejenigen der großen Häuser waren. Sie waren pragmatischere Menschen, denen ihre Geldbörse ebenso wichtig war wie die Aktualität ihrer Garderobe. Er vergaß auch der Bequemlichkeit halber, wie seine Mutter ihre Nächte zugebracht hatte.

Er zog sein Taschentuch aus dem Ärmel und wischte sich das Gesicht ab. Er verfluchte die feuchte Hitze, die vom Fluss herauf, den Boulevard entlang, um die Ecke und durch seine Ladentür kroch. Davon überzeugt, der Tag sei der heißeste des Sommers gewesen, machte er sich auf den Weg nach Hause.

Man hätte das durchweichte Taschentuch, das fleckige Hutband, die geröteten Wangen glatt übersehen können; solcherart war der einstudierte Schwung von Pascals Spazierstock. Voilà, ein *gentilhomme,* konnte man vermuten, dem Wetter nicht angemessen gekleidet, aber dennoch mit sich und der Welt in Frieden, wunschlos glücklich. Pascal Normandes Metier war die Illusion.

Es war ein kostspieliges Metier. Die letzten Francs in seiner Beauvaiser Tasche waren in den Umzug zurück in die Stadt geflossen. Alles Geld ging seither in himmelschreienden Steuern und mysteriösen Gebühren auf. Jeder Franc, der nicht für die Löhne seiner Arbeiterinnen ausgegeben wurde oder mit Müh und Not die Miete für seine Wohnung deckte, oder an den Ohrläppchen seiner Ehefrau baumelte, jeder aufgenommene, geborgte oder erbettelte Centime drohte sein Ende an.

Und doch. Gerüchten zufolge stapelte sich eine Ladung preisgünstiger chinesischer Seide ungenutzt in Le Havre. Einfach das Geld anweisen, und eine Herbstkollektion würde wie aus dem Nichts die Boulevards erobern. Man munkelte von einer Baronin, die eine Serie von Kostümbällen für das kommende Frühjahr plante. Je einen Franc-Schein in die Schürzen des Küchenpersonals gesteckt, und Aufträge für einen ganzen Winter würden, wie Asse aus dem Ärmel, Gestalt annehmen.

Pascal stieg vom Trottoir hinunter, um eine Gouvernante und ihre jungen Schutzbefohlenen vorbeigehen zu lassen. Er berührte seine Hutkrempe. Ein paar Schritte weiter blieb er stehen und schaute zurück; sein gerötetes Gesicht erhellte sich.

Eine Kinderkollektion, dachte er.

Mit ein paar Müttern als Kunden würde kein Geschäft auf Erden märchenhafter sein als das Atelier Normande.

In diesem Moment war Madame Céleste zu Hause dabei, einen Hut für den abendlichen Opernbesuch auszuwählen. *Carmen*, Loge elf. Die Neigung der Krempe justiert, die Hand durch ein Nest von Schleifen geführt, probte sie ihren Ausstieg aus der Droschke, das diskrete Heben des Rocksaums, um den vom Regen an diesem Nachmittag hinterlassenen Pfützen zu entgehen, ihren Aufstieg die prächtige Treppe hinauf, den Schwung ihrer Halskette, ihr Innehalten, ihre Pose, die Geste, mit der sie einer Bekanntschaft zuwinkte, die Stellung ihrer Füße, während sie darauf wartete, dass der Stuhl unter ihr Kunstseidengesäß geschoben wurde, das Funkeln in ihrem Auge und die Wölbung ihrer Braue ob der geflüsterten Zumutung des Logendieners: Wären Madame so freundlich, Ihren Hut abzunehmen?

Vor jedem Spiegel in der Normande'schen Wohnung hielt sie inne und betrachtete sich prüfend. Die Eintrittskarten hatten Pascal bestimmt ein Vermögen gekostet.

Ihr Lächeln, entschied sie, war pure Vollendung.

Eine Einzimmerwohnung verbirgt sich im Schatten eines engen Hofes. Drinnen geht eine junge Frau auf dem unebenen Dielenboden auf und ab, nur in Unterwäsche gekleidet: ein Baumwoll-Unterkleid, matt und unförmig vom zu vielen Waschen. Sie zieht Kreise durch das Zimmer, über Bücher stolpernd, auswendig gelernten Löchern im Boden ausweichend. Sie ist unruhig wegen der Uhrzeit, überprüft noch einmal die Adresse, die sie sich auf einem Zettel notiert hat. Mit verkrampftem Magen fürchtet sie, dass es so drückend wie am Vortag werden wird. Sie füllt sich am Wasserhahn der Spüle eine Tasse. Das hinuntergestürzte Wasser lässt ihren Bauch nur umso lauter murren. Sie ärgert sich darüber, dass sie nicht weiß, was sie anziehen soll, dann ärgert sie sich über ihren Ärger. Sie nimmt einen Bügel von der Leine, die über ihrem Bett gespannt ist. Ihr einziges richtiges Kleid: Sommerbaumwolle, verblichenes Rosé, der Schnitt um die Taille längst aus der Mode. Die Ärmel, denkt sie, Himmel hilf, was, wenn ich schwitze. Sie erwägt, sie für einen bequemeren Sitz zu kürzen oder gleich ganz abzunehmen. Sie weiß, dass sie die Änderungen mit verbundenen Augen machen könnte, so oft, wie sie anderen dabei zugesehen hat.

Sie schlüpft in ein Paar Leinenschuhe. Mit flachem Absatz, eingetragen, bequem für den Fußmarsch. Dann noch ihren besten Schal, den mit der Andeutung von Pfauenfedern. Einst ein Schwall von Violett- und Grüntönen, jetzt durch die Zeit ausgeblichen. Ein prüfender Blick in den Spiegel neben der Tür, sie streicht das Tuch zu beiden Seiten ihres Gesichts glatt und wirft die Enden über die Schulter. Eine einzige Bewegung, so unbewusst wie Atmen: der Blick, das Richten, der Schwung.

Die junge Frau nimmt das Päckchen auf, das sie, sorgfältig wieder eingeschlagen, überbringen wird, streicht mit den Fingerspitzen darüber, glättet verbleibende Falten im Papier. Jetzt sicher, dass niemand vermuten könnte, dass es geöffnet worden ist, atmet sie auf und beschwichtigt ihren Magen. Dann ein Erinnerungsblitz: der Mann in den Tuilerien.

Sie hatte ihn vom Museum her wiedererkannt. Er trug ein Bündel Bücher, was die Geschichten erklärte, die er über die Gemälde erzählte. Ihr Geschichtenmann, hatte sie ihn getauft.

Hatte sie, als er vorüberging, gesehen, dass eines seiner Bücher dabei war, sich aus dem Bündel zu lösen? Hätte er etwas so Schönes vergessen? Unmöglich, denkt sie. Die Bücher, die er an dem Tag trug, waren berieben und abgenutzt, bestenfalls Exemplare aus zweiter oder dritter Hand. Nichts so pfleglich Behandeltes wie dieses eine, mit Sicherheit keines so sorgfältig eingepackt. Und wenn es herausgefallen wäre, wie hätte es seinen Weg zu ihrem Stuhl am Teich gefunden? Nein, entscheidet sie. Dieses eine gehört jemand anders. Bestimmt einem Kind, der krakeligen und orthographisch fehlerhaften Inschrift auf dem hinteren Vorsatz nach zu urteilen. Einen Moment lang stellt sie sich vor, wie besorgt der junge Besitzer sein müsste, wie sehr ihm seine Lieblingsgeschichten fehlen, wie traurig sie selbst wäre, wenn sie eines ihrer eigenen Bücher verlegt hätte. Sie beschließt, sich mit der Zustellung zu beeilen. Es ist das Wenigste, denkt sie, was ich für einen Gleichgesinnten tun kann. Mit etwas Glück habe ich diese Besorgung erledigt und bin rechtzeitig zum Mittagessen wieder am Becken in den Tuilerien.

Die junge Frau schließt ihre Wohnungstür ab. Eine Stimme ruft aus der Dunkelheit des Hofes, als habe ihre Mutter auf diesen Augenblick gewartet, um wiederaufzuerstehen.

Bist du bei Zigeunern aufgewachsen, Kind? Wenn du unbedingt so unansehnlich aus dem Haus gehen willst, dann denk wenigstens daran, dich zu bedecken. Bind dein Kopftuch fester, Liebes; wir wollen doch nicht, dass jemand aus dem falschen Grund starrt, nicht wahr?

In einer überfüllten Genfer Trambahn blickten die Abendpendler, deren Ellbogen angestoßen, Zeitungen zerknittert wurden, ärgerlich auf und sahen jemand zur hinteren Tür eilen. Sie wandten sich ohne einen weiteren Gedanken wieder ihrer Lektüre zu. Der junge Mann stolperte auf die Straße.

Er sammelte sich, gab dem quer vor seiner Brust hängenden Rucksack einen Klaps und vergrub die Hände in seinen Manteltaschen. Erleichtert darüber, nichts vergessen zu haben, stemmte er die Schulter gegen eine Windböe, während die Tram in die Dämmerung davonfuhr.

Er fand in einem nahe gelegenen Park eine Bank. Eine Frau und ein kleines Kind, beide eingemummt gegen die Kälte, hasteten vorbei. Er schaute ihnen nach, während er das Kinn in seinen hochgeklappten Kragen senkte. Die beiden bogen um die Ecke und verschwanden.

Er zog seine Handschuhe aus und blies sich auf die Finger. Er holte ein Skizzenbuch aus dem Rucksack und legte es sich, behutsam, als könnte schon die bloße Luft das Papier zersetzen, auf den Schoß. Er kramte in seinen Taschen nach einem Federmesser, zog einen Bleistift aus seinem Jackett, ließ den Blick noch einmal durch den Park gleiten. Er fing an, den Bleistift anzuspitzen.

Während er das Resultat mit dem Daumen prüfte, schloss der

junge Mann die Augen und malte sich seine linke Hand aus, wie sie über einem frischen Blatt schwebte.

Eine zaghafte Linie, die beginnende Kurve einer liegenden Gestalt.

Zwei weitere Striche, sich spiegelnde Bogen: einer für die Schultern, einer für die Taille, in gegensätzlichen Winkeln zur Körperlinie gezogen.

Die Beine. Eine Linie, die von der Hüfte abzweigt, die andere erhoben und zu einem Gipfel gebogen. Arme: der rechte angewinkelt, um das Gewicht des Oberkörpers zu stützen, der linke ausgestreckt, auf dem künftigen Knie ruhend. Dann rasche Striche, Andeutungen von schlanken Fingern, die sich von entspannten Händen fortsetzen.

Und jetzt der Kopf. Ein einfaches Oval: entspannt, leicht zur Seite geneigt. Wie ins Gespräch vertieft.

Der junge Mann steckte seine Zeichenhand in die Achselhöhle. Er betrachtete mit zusammengekniffenen Augen das Oval, neigte seinen Kopf entsprechend, spürte die Steifheit seines Nackens.

Er lechzte nach Anatomieunterricht. Nach einer Staffelei und einem Platz in einem Kreis von Mitschülern. Danach, dass ein Lehrer ihm, während er malte, über die Schulter sah: ihm Zuspruch bot, einen behutsamen Ratschlag zu seiner Technik gab, oder vielleicht sogar seine Kurskameraden aufforderte, einen Kreis zu bilden und einem künftigen Mitglied der Akademie bei der Arbeit zuzuschauen.

Der junge Mann dachte an seine Mutter, an ihr sorgenvoll verkniffenes Gesicht, sollte sie von seinen Ambitionen erfahren. Und an seinen Vater, der anderer Leute Konten führte und sich für seinen Sohn ein vornehmes Leben erträumte.

Das Gesicht. Eine Mittellinie senkrecht durch das Oval, für die Augen eine Horizontale. Zwei weitere: die Linie des Mundes; die Spitze einer Nase, die zuletzt gerade und schön werden sollte. Radiergummistriche, um die Kieferpartie zu schärfen und die Wangen zu höhlen. Und die Augen. Tief liegend, von der Stirn beschattet. Kräftige Striche bezeichneten die Lidfalten; dünne Linien wurden zu Wimpern. Jede Pupille wird Schicht um Schicht immer dunkler, ein winziger Fleck bleibt ausgespart für den Lichtreflex.

Er lechzte nach Kunst. Danach, dass die Zeichnungen in seinem Skizzenbuch irgendwie zum Leben erwachten. Dass seine Energie, seine Sinneseindrücke auf einer Leinwand wirbelten und kreisten. Nach einer Traumstadt, die er über seinem Bett angepinnt hatte: Postkartenparks, von einem Malerlicht gewärmt.

Der junge Mann signierte das Blatt in der Ecke.

Jacob Kalb, Dezember 1907.

Ein Sonnabend im folgenden August. Der Paris-Express aus Genf fuhr mit zwanzigminütiger Verspätung ein. Der Himmel konnte nicht mehr an sich halten, ein Sommerregen prasselte in Wellen über das verglaste Dach des Bahnhofs. Die Waggons der dritten Klasse blieben draußen im Wolkenbruch stehen.

Jacob Kalb, eine vollgestopfte Reisetasche unter den Füßen und die Knie unter dem Kinn, fertigte noch rasch eine letzte Skizze der alten Frau jenseits des Mittelganges. Seit der französischen Grenze hatte er eine passable Darstellung der pockennarbigen Wangen, der Falten um ihren geschürzten Mund hinbekommen. In kleinen Vignetten hatte er Studien ihrer Hände und arthritischen Finger angefertigt. Auf dem Blatt sahen ihre Haare aus wie eine Explosion von Drahtleitungen, die unter ihrem Hut hervorquoll.

Der Zugbegleiter versicherte allen, dass der Regen jeden Moment aufhören würde; in die Bahnhofshalle sei es nur ein kurzer Fußweg. Jacob überprüfte den Inhalt seiner Taschen. Das Geld aus der Blechdose unter seinem Bett und die Adresse einer Pension, die er in einem alten Reiseführer gefunden hatte, waren noch immer da, wohin er sie an dem Morgen gesteckt hatte. Er schob sich das Skizzenbuch in den Mantel. Der Schaffner griff an den Schirm seiner Mütze.

Willkommen in Paris, Monsieur. Vorsicht, Stufe.

Vor dem Bahnhof standen Pferdeomnibusse herum; ein, zwei Motorwagen schnauften vorüber. Jacob blickte in geschätzt westliche Richtung und hielt nach Wahrzeichen Ausschau, nach etwas, das er von der Wand seines Schlafzimmers her wiedererkannte. Der Regen hörte so abrupt auf, wie er angefangen hatte; schon dampfte das Kopfsteinpflaster. Er zog den Stadtführer aus der Manteltasche, versuchte, das Labyrinth von Straßen zu entwirren.

Als die bevorzugte Fortbewegungsart des typischen Parisers, gab der Führer zu bedenken, *gilt das Zu-Fuß-Gehen.* Jacob zog seine Schnürsenkel straffer, schulterte seine Reisetasche und stieg über einen frischen Haufen Pferdemist.

Mittlerweile hatte seine Mutter das Kuvert – an ihren kostbarsten Besitz, die Fotografie eines verkrampften, unglücklichen Kleinkindes, gelehnt – vermutlich gefunden. Jacob erinnerte sich, wie sie den Nachbarinnen wieder und wieder erzählt hatte, wie kostspielig die Fotografie gewesen war.

Jetzt las sie wohl den Brief: mit ihrer gewohnten stoisch gefurchten Stirn, mit einem an Tränen erstickten Räuspern, nach einem Taschentuch kramend. Jacob konnte ihre Stimme hören, so als sei sie ihm aus dem Bahnhof gefolgt. Aber warum hier, Jacob? So ein Wahnsinn. Diese Stadt ist kein Ort für einen Jungen. Und wer wird dir zu essen geben? Wo wirst du schlafen? Kannst du deine Bilder nicht auch zu Hause zeichnen? Dein Vater und ich könnten dich nach Paris schicken, wenn du ein, zwei Jahre älter bist, wenn es wirklich dein Wunsch ist.

Jacob rückte die Last auf seiner Schulter zurecht und wünschte, er könnte den Brief neu schreiben, noch etwas hinzufügen: Er *sei* schon älter, er würde sich melden, sobald er sich eingerichtet hatte, er würde schon jetzt ihren Spekulatius vermissen, er sei jetzt ein Mann, sie und Papa hätten ihn gut erzogen.

Er wusste, dass sein Vater, von der Bank heimgekehrt, zunächst schweigen würde; in seiner halbdunklen Ecke sitzen, taub für die Klagen seiner Frau, und sich fragen, wie er seinem besten Kunden erklären sollte, dass der Empfehlungsbrief, den er ihm zum Unterschreiben vorgelegt hatte – Sie werden sich an meinen Sohn erinnern, Monsieur. Seine Lehre in Ihrer Firma –, nicht mehr nötig sein würde.

Der Junge kommt schon zurecht, meine Liebe.

Jacob wünschte, sein Vater wäre da und würde seine Mutter am Arm ziehen, sie sanft zum Bahnhof zurückführen, damit er allein durch die Menschenmassen auf dem Boulevard gehen könnte.

Er widerstand der Versuchung, den Reiseführer wieder hervorzuholen. *Und kein Freund des strebsamen Marsches ist unser Sohn der Lichterstadt, sondern jemand, der das größte Ergötzen darin findet, um seiner selbst willen zu flanieren, ohne Zuhilfenahme eines Stadtplans oder eines Kompasses, ja sogar ohne ein Ziel, welcher Art auch immer.*

Nachdem er der Frau des Pensionsbetreibers eine Monatsmiete im Voraus für eine Dachkammer ausgehändigt und sich, zwei Stockwerke tiefer, in einen Trog erleichtert hatte, der das Klosett darstellte, stieg Jacob über das Bett und drapierte seine feuchten

Sachen über einen Balken. Dann ließ er sich auf die dünne Matratze fallen und schlug sein Skizzenbuch an einer leeren Seite auf.

8. 8. 08. Angekommen. Am Montag in die Akademie.

Er skizzierte die Reste der Tapete, die abblätternden Überbleibsel dessen, was einmal ein freundliches Blumenmuster gewesen war. Irgendjemandes Vorstellung von einem Hauch von Heimeligkeit für müde Gäste.

Den Park hinter sich, wartet der Bäcker jetzt am Bordstein auf eine Lücke im Verkehr.

Auf der anderen Seite des Rondells klappen eine Mutter und ihr Sohn einen kleinen Tisch auseinander. Sorgfältig platziert die Frau darauf eine in einer alten Teekanne gepflanzte Orchidee. Sie dreht sie erst so und dann so herum, versucht, ihre beste Seite zu finden, sodass die einzige Blüte dem Interessenten zugewandt ist. Der Junge lehnt ein Schildchen gegen die Kanne. Der Bäcker kann die Schrift auf der Karte erkennen: 5 irgendwas. Er tritt auf die Fahrbahn und überquert das Rondell.

Unweit knallt die Julisonne auf die Stufen einer Kirche, wo ein Mann in sich zusammengesackt sitzt, während seine Tränen auf eine Bibel tropfen, die aufgeschlagen auf seinen Knien liegt. Der Bäcker weiß, dass es richtig wäre, stehenzubleiben und seine Hilfe anzubieten. Trotzdem geht er weiter, darauf vertrauend, dass schon bald ein Priester kommen wird, der sich kümmert.

Am Eingang der Métro kommt ein junger Mann in einem schlecht sitzenden Anzug mit flatterndem Einstecktuch die Treppe heraufgerannt und stößt den Bäcker gegen eine Straßenlaterne. Der Mann trägt einen Armvoll Blumen. Er nuschelt eine hastige Entschuldigung, schaut auf seine Uhr und studiert die Straßenschilder, die in sämtliche Richtungen weisen. Schließlich trifft er eine Entscheidung, zupft seine Manschetten heraus und geht los, in nervösen Schritten, während die kurzen Hosenbeine bei jedem Schritt seine knotigen Knöchel entblößen.

Nachdem er Beauvais verlassen hatte, sammelte sich der Dezemberwind und schlängelte sich in das 4. Pariser Arrondissement. Ein Junge stand fröstelnd in einem engen Durchgang, neben ihm kauerte sein Großvater.

Konzentrier dich, sagte der alte Mann.

Henri Fournier würde in einem Monat zehn Jahre alt werden. Er stand mit beiden Füßen auf einem aufgeschlagenen Buch, und seine Brille rutschte ihm ständig von der Nase.

Breite die Arme aus, Henri.

Das Buch war in eine Tierhaut gebunden, die, blutorangenrot gefärbt, zu den Kanten hin schon seit langem durch den Schweiß vieler Hände nachgedunkelt war. Der Deckel wies eine Blindprägung auf: eine Raute, die vier Ecken mit Nadelstichen markiert. In der Mitte der Raute war ein Paar exotischer Pantoffeln mit aufwärts gerollter Spitze in das Leder geprägt. Die Verzierung war verblasst, durch das Alter abgeflacht, aber sie war noch immer auszumachen, wenn man sie schräg ins Licht hielt. Aufgeschlagen war das Buch breit genug für Henris Füße, einen pro Seite.

Der Großvater hielt das Buch – das in einer Schriftart gesetzt war, die der alte Mann in siebzig Jahren nirgendwo auf den Quais gesehen hatte – für magisch. Henris Vater, Eigentümer des Bücherstands der Familie, wünschte sich, das Ding würde endlich den Würmern zum Opfer fallen; schon viel zu lange hatte es Platz weggenommen, ohne einen Centime einzubringen. Monsieur Fournier erinnerte seinen Sohn gern daran, dass heutzutage niemand mehr an das Unsichtbare glaubte, und je weniger Magie, desto besser. Woraufhin Henri seinem Großvater aber umso mehr glaubte.

Weiter auseinander, Henri, Handflächen nach oben. Die Finger spreizen.

Der Fournier'sche Bücherstand enthielt zu viel Lyrik, vermischte Philosophie mit Mechanik und versteckte Reiseberichte zwischen der schönen Literatur. Er bot ein Sortiment von zerfledderten Partituren, alten Nummern von illustrierten Zeitschriften und für Reisende gedachten Bildkarten: Mademoiselles im Zehnerpack. Der Stand war in einem besonderen Grünton gestrichen, der jedem Buchhändler auf beiden Ufern der Seine vertraut war. Sie behaupteten, der Lack sei eine mysteriöse Fournier'sche Mixtur, die, mit Sicherheit feuergefährlich, je nach Jahres- und Tageszeit anders leuchtete. Als sei der Stand in der Lage, sein eigenes Licht zu produzieren: lindgrün frühmorgens, smaragden am Mittag, moosgrün gegen Abend.

Wenn man sich auf die Zehenspitzen stellte, konnte man über den Stand wegsehen und einen Blick auf den Pont des Arts erhaschen.

Jetzt nicht bewegen, mein Junge. Mach die Augen zu.

Henri runzelte sein Gesicht; Sterne schwammen hinter seinen Lidern. Der Alte flüsterte ihm ins Ohr.

Spürst du etwas?

Ich glaube nicht, Großvater.

Deine Füße, Henri. Sind sie genau ausgerichtet?

Der Junge kniff die Augen hinter seinen Brillengläsern zusammen. Ich kann sie nicht sehen.

Sei dir sicher, Henri. Ohne Präzision sind wir –?

Verschwommen und verloren, Großvater.

Exakt. Jetzt still. Keine Grimassen.

Der Großvater beugte sich tief hinunter und überprüfte die Position von Henris Füßen. Links auf dem Verso, rechts auf dem Recto, murmelte er und tippte gegen die Spitze des rechten Stiefels des Jungen. Henri ließ den Fuß vorsichtig zurückgleiten, um nicht über die dicken Seiten zu reiben.

Vorsichtig, Junge. Und jetzt?

Henri öffnete ein Auge. Nichts, Großvater.

Der alte Mann richtete sich ächzend auf. Henri senkte die Arme und atmete laut aus. Seine Mutter, die von der Fournier'schen Wohnung im dritten Stock aus zugeschaut hatte, rief zu Henri hinunter.

Genug, junger Mann. Es gibt schon so mehr als genug Fourniers in diesem gottverlassenen Buchgewerbe. Keine Spielchen mehr, ihr beiden. Kommt rauf zum Abendessen, bevor ihr erfriert.

Ab mit dir, sagte der Großvater. Wir versuchen es nächsten Sommer noch mal.

Der sommerliche Wolkenbruch hatte sich zu einem feinen Nieseln eingeregnet. Die Fournier-Männer zogen los, um die Antiquariatsstände in der Nähe der Universität abzugrasen. Henri, auf halbem Weg zu seinem elften Geburtstag und nach wie vor ohne die bessere Brille, die er eigentlich gebraucht hätte, wurde als Standwache zurückgelassen. Verbliebene Pfützen tröpfelten von der Klappe herunter.

Henri klatschte nach einem Tropfen auf seinem Hinterkopf, rückte dann seinen Hocker vom Stand ab. Vielerlei machte ihm zu schaffen: die Hitze, der Himmel, der sich schon wieder zuzog, die Bücher, die hinter ihm aufquollen, die schimmelnden Bildkarten, das Jucken in seinem Hintern. Er stand auf, setzte sich wieder hin, krümmte sich, kratzte sich, schüttelte seine Beine aus. Er rückte sich die Brille zurecht, schaute die Uferpromenade entlang, flussauf, flussab. Vom Vater und Großvater war nichts zu sehen, ebenso wenig vom Karren zu hören, knarrend unter der Last weiterer Bücher, die kein Mensch kaufen würde. Henri fing an, hin und her zu gehen, vom einen zum anderen Ende des Standes, ließ eine Hand über die Bücher gleiten und die Finger von Rücken zu Rücken hüpfen.

Es war ein Spiel, das Henri, zum großen Ärgernis seines Vaters, von seinem Großvater gelernt hatte, als er noch kaum groß genug gewesen war, um an die Bücher heranzukommen. Nicht gucken, hatte der alte Mann gesagt. Fühle die Bücher. Wenn du meinst, du bist so weit, triff eine Wahl.

Henri tat wie befohlen, zog zuletzt einen schmalen Band aus den Reihen im Stand und hielt ihn sich an die Stirn. Ziel des Spiels war, die Buchdecke zu beschreiben, ohne sie zu sehen.

Das Material, Henri. Was spürst du? Raues Leinen oder feines Leder? Oder beides? Und die Prägung? Blind, farbig oder vergoldet? Du kannst daran riechen, wenn du glaubst, dass es hilft.

Kann man wirklich ein gutes Buch riechen, Großvater?

Natürlich nicht, brauste der alte Mann auf. Der Käufer braucht nichts anderes zu tun, als es in der Hand zu halten. So wie du jetzt. Es in seiner Hand ruhen lassen. Die Finger um den Rücken schmiegen, als sei das Buch ausschließlich für ihn gebunden worden. Den Daumen über die weichen Kanten seiner Seiten gleiten lassen. Wenn er es erst mal in der Hand hält, Henri, dann hast du ihn. Danach kann er so viel daran schnuppern, wie er will.

Henri wählte ein Buch aus und hielt es an die Nase. Ein Hauch Lavendel. Henri stellte sich vor, er stehe in einem Feld von violetten Blumen. Beim Geräusch von klappernden Hufen drehte er sich um. Ein riesiges schwarzes Pferd preschte in vollem Galopp an ihm vorbei, der Reiter dicht über die Mähne gebeugt, in einer Hand ein schweres Schwert. Henri sah das auf dem Rücken des Reiters prangende Symbol eines Kreuzritters. In der Ferne schwelte eine belagerte Burg.

Henri dachte an Violett.

Er öffnete die Augen. Der Bezug war aus Kalbsleder, so schwarz wie Teer. Die Prägung auf den Deckeln war aufwendig: winzige Blumen in Blüte, ein Gewinde von Stängeln und Blättern, das vom Vorderdeckel über den Rücken auf den Hinterdeckel floss. Geprägt war der Titel mit – jetzt durch Feuchtigkeit fleckigem – Blattkupfer. Henri schnupperte noch einmal. Es roch leicht nach Rauch.

Sein Großvater hätte den Kopf geschüttelt. Violett, Henri? Wie bist du bloß auf *die* Idee gekommen?

Henri rückte den Hocker dichter an den Stand heran und streckte seine Beine aus. Er lehnte sich gegen das grüne Holz, drückte sich die Brille an die Nase und schlug das Buch auf.

Erstes Kapitel

Henris Blick blieb immer wieder hängen, während sich die ersten Sätze träge zu einem Anfang hinschleppten. Ein Pärchen spazierte *munter und unbeschwert* entlang einem ländlich beschaulichen Flussufer. Es kam aus einiger Entfernung heran, sie in einem *zauberisch reizenden* Kleid, von der Farbe *wie des Lenzes Butterblumen;* ihr Haar *so satt und leuchtend wie glänzende Kastanien.* Ein breitkrempiger Strohhut *von paradiesischer Anmut* beschirmte ihr *jugendfrisches, von der Sonne geküsstes* Gesicht vor der Hitze. Ihr Begleiter war flott herausgeputzt in Ausgehanzug, Handschuhen, Halsbinde, *blütenweißen Halbgamaschen.* Seine Hand suchte, *romantisch, sehnsuchtsvoll,* die ihrige zu halten. Und dennoch waren *mürrische und hasserfüllte* Wolken am Himmel, die den *frischesten Liebes-Rosengarten* bedrohten.

Als er *des Lenzes Butterblumen* las, zuckte Henri innerlich zusammen.

Auf Seite zwanzig hatte der Verfasser endlich die Dinge in Gang gebracht. Henri spürte förmlich, wie Schwierigkeiten von der Seite aufstiegen, die Dornen zu Speerspitzen wurden.

Das Liebespaar näherte sich, die Stimmen wurden lauter. Die Frau *wies* das Geschenk ihres Verehrers *zurück. Sie werden mir vergeben, forderte* der Mann *in blinder Wut.* Die Frau war *furchtlos.* Sie würde keinen Gedichtband von einem *falschen Schuft* annehmen, der sie warten ließ. Er protestierte, *aufgebracht, verächtlich ihren närrischen Kleinmädchenstolz verdammend.* Nein, Monsieur, sagte sie *mit scharfer, höhnischer* Stimme, *Sie sind der Narr.* Eintausend Strophen werden einem Mann, der *hintergeht,* niemals *Pardon verschaffen.* Die *bedrohlichen* Wolken wurden *todesschwarz,* die Frau im gelben Kleid *riss* ihre Hand aus seiner.

Hintergeht, dachte Henri. Gutes Wort.

Über dem Liebespaar taten sich des Himmels Schleusen auf.

Henri sah auf. Sein Vater war dabei, Bücher vom Karren in den Stand zu werfen. Sein Großvater raffte mit beiden Armen Textblätter zusammen. Binnen Minuten waren die drei Fourniers durchweicht. Henris Vater stellte die Vorderwand des Standes hoch, ließ die Klappe herunter und hantierte mit den Schlössern. Der Großvater wischte sich mit dem Ärmel über das Gesicht und sah auf das Buch in Henris Händen.

Was ist aus ihr geworden?

Wer?, sagte Henri.

Wem, junger Mann. Der Frau im gelben Kleid.

Ich weiß nicht. Sie waren dabei, in den Regen zu geraten.

Sein Großvater wandte das angegraute Gesicht zum Himmel. Na so was, sagte er.

Das Hochwasser von 1910 erreichte seinen Scheitelpunkt an den Dachkanten der Bücherstände. Als die Seine sich wieder zurückzog, kehrten ein paar Hartgesottene zurück und bahnten sich auf Zehenspitzen einen Weg durch den Schlick, der die Quais bedeckte. Sie fanden die grünen Kästen größtenteils geschlossen vor, die Klappdeckel sich langsam verziehend und gegen ihre Schlösser stemmend, Ecken und Ritzen fauligen Schlamm absondernd, die eingesperrten Buchbestände unter Brechreiz erregendem Gestank verrottend.

Ein Stand schien, mit hochgeklapptem Deckel, alles andere als verlassen zu sein. Aus seinen dunklen Tiefen sah man zwei Beine emporragen. Am Ende der Beine – magere Knöchel nackt und bleich in der kalten Luft, an den Knien geraffte, bespritzte Hosen – zwei Füße in Schnürschuhen, von denen schwarzer Schleim tropfte.

Kopfunter im Stand, schrie Henri seinem Vater zu: Tot, Papa!

Monsieur Fournier lüftete kurz die Mütze vor einem verdutzten Passanten und brüllte zurück: Wer ist tot?

Eine Katze, Papa! Ertrunken! Unterm Voltaire!

Welche Ausgabe?

Die dicke!

Ein gnädiger, sofortiger Tod also. Raus mit dir. Nimm das arme Vieh mit.

Henri wand sich aus dem Stand heraus, seine Schuhe quietschten auf dem Kai. Den Schwanz der leblosen Straßenkatze in der einen Hand, schob er sich mit der anderen die Brille an die Nase.

Also machen wir uns an die Arbeit, sagte Monsieur Fournier. Die Bücher ziehen heute wieder ein.

Ausgezogen waren sie auf den Rat des Großvaters hin. Der alte Mann kannte seinen Fluss wie ein Hafenmeister seine Untiefen. Eine Woche, bevor das Wasser zu steigen begann, fragte er, ob jemand es riechen konnte. Was riechen?, hatte Henri gefragt. Unheil, kam die Antwort.

Die Bücher wurden eingepackt, die Karten gebündelt, die Zeitungen zu Ballen verschnürt. Alles wurde auf den familieneigenen Karren gestapelt, und die Fourniers, beide Männer und der Junge, schoben und zogen ihn über den Pont des Arts. Während sie die Brücke überquerten, hörten sie Strudel um die Pfeiler schäumen. Henri bemerkte, dass sein Großvater über den Fluss zurückschaute.

Wir haben sie alle gerettet, nicht, Großvater?

Alle außer den Einhörnern, mein Junge.

Nicht jedes Buch würde der Flut entgehen. Diejenigen, die auf den ersten Blick wie alle anderen in dem Stand ausgesehen hatten, sich aber bei näherem Lesen als andersartig erwiesen, nicht. Ihre magische Handlung und seltsame Syntax hatten sie gezeichnet, wie ein Horn mitten auf einer ansonsten normalen Stirn. Anders und missverstanden: kurz angeblättert, um wieder zurückgestellt, völlig ignoriert und am Ende zurückgelassen zu werden, ein Opfer der steigenden Fluten.

Einhörner?, sagte Henri.

Die Bibel, Henri. Erinner dich an die Geschichte von Noah.

Und der Arche?

Exakt. Welches Tier reiste nicht mit?

Du hast mir doch erzählt, die Einhörner hätten überlebt. Sie mögen schwer zu sehen sein, sagtest du, aber sie wären noch immer bei uns.

Der Großvater lächelte. Das sind sie auch, Henri. Und wo würdest du wohl eines finden, jetzt, wo der Fluss sie mit sich gerissen hat?

Henri tippte sich mit einem Finger an die Schläfe.

Exakt, sagte der alte Mann.

Die junge Frau hastet, entschlossenen Schritts. Girlanden von patriotischen Fahnen und nackte Glühbirnen hängen, schlapp und trübselig in Erwartung der Feierlichkeiten der kommenden Woche, von Haus zu Haus über ihrem Kopf. Ihr wird bewusst, dass sie schwitzt.

Musst du so hetzen, mein Liebes? Hast du vergessen, was mit kleinen Mädchen passiert, die nicht bedächtig und vorsichtig sind?

Sie ignoriert die Stimme ihrer Mutter, behält den Kopf unten, verfällt in Laufschritt; der Schal fängt einen Windstoß auf. Sie greift nach dem Stoff und zieht ihn sich wieder über die Wange. Die andere Hand drückt das Päckchen – ein Buch voll von alten Geschichten, mit einem Eintrag in kindlicher Handschrift – gegen ihre Brust, als sei es ein geraubter Schatz.

Ein Säugling, hoffte man immer, würde Veränderung in jeden Haushalt bringen. Sicher würde es mehr zu tun geben, aber auch mehr Energie. Es würde mehr Lachen und mehr Sorgen geben, das eine in raschem Wechsel mit dem anderen, und es würde gemütliche Nickerchen unter weichen Decken geben und kalte Nächte, in denen man dem Husten mit Dämpfen zu Leibe rückte. Im obersten Stock des Tortenstücks veränderte sich für die Notre-Dames das Leben tatsächlich, aber mit Hoffnung hatte das wenig zu tun.

Wie Octavio wuchs, begann seine Mutter zu schrumpfen. Madame stocherte lustlos in ihrem Essen herum und nahm nur ein, zwei Mundvoll zu sich. Ihre Kleider hingen lose und faltig herunter, ihre Kragen schief und knitterig. Sie schlief selten, wälzte sich und weinte lautlos neben ihrem Mann. Unter ihren Augen erschienen dunkle Ringe. Sie hatte von jeher ein entschlossenes Auftreten gehabt; jetzt bewegte sie sich wie benommen, als wüsste sie nicht, was sie tun oder wohin sie sich wenden sollte. Ihr Lächeln, wenn überhaupt eines erschien, war bestenfalls ein schmales Lippendehnen. In der einen Minute flehte sie Monsieur an, die Bäckerei an dem Tag nicht zu öffnen, das Kind würde mit Sicherheit aus dem Fenster fallen oder von Dieben entführt werden oder ertrinken, während sie es badete; in der nächsten überhörte sie

Octavios Geschrei, wenn er bei seinen ersten Gehversuchen hinfiel. Es gab allerdings Tage, an denen sie doch den Willen zu arbeiten aufbrachte und den Jungen mit nach unten in den Laden nahm. Er machte es sich dann in einem Korb bequem oder krabbelte hinter dem Tresen herum. Und dann waren es die Kunden, die Octavio im Auge behielten, bei jedem seiner Gurr- und Gluckslaute dahinschmolzen und darauf achteten, dass ihm keiner auf die Finger trat, wenn er sich zu nah an die blaue Tür heranwagte.

Auch die Sonntage waren im Tortenstück anders geworden. Nur wenige konnten sich daran erinnern, wann sie Madame zuletzt bei der Messe gesehen hatten. Wenn Monsieur mit seiner Zeitung fertig war, ging er wieder nach oben und fand seinen Sohn unter dem Küchentisch vor, wie er mit Holzlöffeln auf den Fußboden hämmerte oder zwischen den Tischbeinen herumtapste. Madame saß da, drehte eine kalte Tasse in der Hand und zog geistesabwesend einen Fuß aus dem Weg, wenn der kleine Octavio vorbeiwankte.

Als seien sie Akrobaten, die ihre beste Zugabe vorführen wollten, zog Monsieur dann Octavio unter dem Tisch hervor und setzte ihn sich auf die Schultern. Wir lassen dich jetzt in Frieden, sagte Monsieur zu seiner Frau, überhaupt kein Problem. Dann zogen Vater und Sohn die Köpfe ein und stiegen die Wendeltreppe hinauf auf den Dachboden.

Überhaupt kein Problem, sagte Madame dann und fing wieder an, aus dem Fenster zu starren. Genau so wie ihr Mann sie Stunden zuvor zurückgelassen hatte, als er seine Zeitung holen gegangen war.

Am Morgen des 21. Januar 1910 blieben die Zahnräder und Getriebe der öffentlichen Uhren der Stadt mit bewundernswerter wissenschaftlicher Genauigkeit um

> zehn Minuten vor elf stehen, als ihr Pressluft-Antriebswerk vom steigenden Hochwasser überflutet wurde. Zwei Tage später ertranken die Bahnsteige der Gare d'Orsay in einem zehn Meter tiefen öligen See, auf dessen Oberfläche herrenlose Gepäckstücke wie entwurzelte Archipele dümpelten.

Monsieur Notre-Dame lehnte sich gegen die Tür des Bäckerladens. Seine Zeitung bot dem Leser eine Chronologie des Hochwassers, das einen Monat zuvor die Stadt heimgesucht hatte.

> Unter dem Pont des Arts schoss der angeschwollene Fluss durch die Eisenträger, wobei die dadurch entstehenden Strudel nach Aussage von Augenzeugen ein dämonisches Gelächter erzeugten. Ab dem 24. d. M. mussten die Näherinnen der elegantesten Modehäuser an der Avenue Montaigne in Booten von kühnen und edelmütigen Fährleuten zu ihren Nähtischen geschifft werden.
>
> Am 29. begann der Seine-Pegel zu fallen.

Monsieur las nichts davon, vollauf zufrieden mit seiner Titelseite: Madame la France, mit Goldkrone, Hermelinmantel und einem, wie der Bäcker vermutete, kostspieligen Samtgewand. Die Frau überragte eine Flottille von Bürgern, sie mit ausgebreiteten Armen anspornend, während sie Flutopfern zu Hilfe eilten, die auf vorüberziehenden Hausdächern ausharrten.

Von der Heroik des Ganzen mitgerissen, übersah Monsieur die finstere Miene, die über seiner Zeitung auftauchte und das Gesicht Madame Lafrouches entstellte, der Concierge eines Mietshauses in der Nähe der Boulangerie Notre-Dame.

Das Ehepaar Lafrouche war schon seit Monsieurs früher Jugend treuer Kunde der Bäckerei gewesen. Sie waren durchaus freundliche Leute, wenngleich die Frau ein Anflug von Melancholie zu umwehen schien. Als Madame Notre-Dames Schwangerschaft zu weit gediehen war, um ignoriert werden zu können, hatte Madame Lafrouche unerklärlicherweise aufgehört, zu ihrem allmorgendlichen Broteinkauf zu kommen. In den darauffolgenden Monaten hatte man die Frau dabei beobachten können, wie sie quer durch das Arrondissement stapfte, um ihre Brote in einer Bäckerei in der Nähe des Flusses zu kaufen. Dieser Gewaltmarsch, polterte sie gereizt, wann immer sie jemand erkannte, sei nichts weniger als eine Grausamkeit, eine Tortur für ihre geschwollenen Knie und eine Beleidigung für ihre ehemals unerschütterliche Treue gegenüber den Notre-Dames.

Ihnen ist klar, Monsieur, dass das Hochwasser meine Bäckerei zerstört hat?

Monsieur schaute auf, wandte sich dann wieder Madame La France zu. Wie nett, Sie wiederzusehen, Madame Lafrouche. Lange nicht gesehen.

Eine Bäckerei, wenn ich Sie erinnern darf, die genau am anderen Ende des Arrondissements lag.

Es tut mir wirklich leid, Madame. Meine Frau und ich wollten Ihnen nicht zu nahe treten.

Eine Schande war das, Monsieur. Sich vorzustellen, dass Ihre Backstube die besten Brote im ganzen Viertel hervorbrachte – um dann zu einem Entbindungsraum entwürdigt zu werden.

In der Tat, Madame, unverzeihlich. Aber so leid es mir tut, ließ es sich nicht vermeiden.

Madame Lafrouche klopfte mit dem Fuß auf den Boden. Jetzt bin ich bereit zurückzukehren, sagte sie.

Die Zeit heilt alle Wunden, Madame. Es ist sehr liebenswürdig von Ihnen. Ich freue mich darauf, Sie morgen früh zu bedienen.

Mit Liebenswürdigkeit hat das nichts zu tun, Monsieur. Ich komme nur wegen meines Alphonse zurück. Der Mann ist verzweifelt.

Monsieur wiederholte, es tue ihm leid. Madame Lafrouche hob eine Augenbraue.

So gehört es sich auch, Monsieur. Schließlich ist es Ihr Sauerteig, der das Gehirn meines Mannes infiziert. Wo sonst finde ich solches Brot, jammert er. Geh zu den Notre-Dames zurück, weint er. Ich flehe dich an, bettelt er. Wenn's nach mir ginge, könnte Alphonse sich sein Brot selbst besorgen oder hungern. Aber ich bin keine Frau, die sich vor ihren ehelichen Pflichten drückt.

Sie sind eine Zierde Ihres Standes, Madame.

Madame Lafrouche zog ein in violett glitzerndes Papier geschlagenes Päckchen aus ihrer Handtasche. Ihre Stimme zitterte aus zugeschnürter Kehle.

Ich wünschte, es wäre so, Monsieur. Trotzdem – wie ich höre, haben Sie einen wohlgeratenen Sohn.

Monsieurs von Druckerschwärze fleckige Finger beschmutzten das glänzende Papier, als er das Geschenk auspackte: ein Buch, in grünes Leinen gebunden, die Vorsatzblätter ein Blumengarten von Violett- und Gelbtönen. Das Ende eines rotseidenen Lesebändchens lugte aus dem Fußschnitt hervor. Nachdem er sich die Hände an der Hose abgewischt hatte, blätterte Monsieur die Seiten durch, stoppte hier und da bei einer Illustration.

Madame Lafrouche ordnete wieder den Inhalt ihrer Handtasche. *Tausendundeine Nacht,* sagte sie. Alphonse' Idee natürlich.

Monsieur betrachtete die Abbildungen. Auf einer klammerte sich ein alter, zerlumpter Fischer an einen Korb, aus dem ein Wirbelwind von seltsamem Rauch emporstieg; auf einer anderen wischte sich ein schwarzhäutiger Riese mit einem einzigen, glühenden Auge mitten auf der Stirn, auf einem Haufen menschlicher Gebeine hockend, die fettigen Lippen.

Alles mit Sicherheit sehr fantastisch, sagte Madame Lafrouche. Bestimmt kaum lesbar. Immerhin ist es aus dem Printemps.

Wie Sie sagen, Madame. Kaum lesbar.

Monsieur zog sich in die Bäckerei zurück. Er tauchte mit einem goldenen Landbrot wieder auf, in dessen Rücken die Initialen N-D geritzt waren.

Vom besten Schwung von gestern, Madame. Mit meinen Empfehlungen an den Herrn Gemahl.

Die Frau klemmte sich das Brot unter den Arm und machte auf der Stelle kehrt, während Monsieur nicht umhinkonnte, einen Burschen wie Alphonse Lafrouche zu bewundern, der eine Frau, die infolge von Fiebern zwei Fehlgeburten gehabt hatte, noch immer vergötterte. Ein Kerl, der seine liebste Geneviève ohne zu zögern zum Einkaufen auf die Boulevards schickte. Alles vom Lohn eines Droschkenfahrers.

Seinen Sohn auf dem Schoß, saß Monsieur Notre-Dame im Dachbodenfenster und blätterte langsam die Seiten von *Tausendundeine Nacht* um. Immer, wenn er zu einer Abbildung kam, krähte Octavio und deutete darauf.

Also ein Anfang, sagte Monsieur dann.

Er erzählte dem Jungen seine Geschichten. Sie entsprangen alle seinem Kopf, Märchen, die nur wenig mit den Bildern in dem Buch, den fliegenden Pferden oder den Räubern in ihren Schatzhöhlen oder dem verlotterten Jungen mit seiner magischen Lampe zu tun hatten. Monsieur erzählte sie nicht so, wie es das Buch vielleicht getan hätte, sondern so, wie *er* sie sah, wie sie direkt vor seinen Augen zum Leben erwachten.

Während Madame sich weiter unter der Decke wälzte und sein Sohn in der Schrankschublade murmelte, schlich sich Monsieur Notre-Dame aus dem Bett.

Aus den Tiefen eines Küchenschranks, der für seine Frau von jeher zu hoch gewesen war, holte Monsieur Octavios Buch hervor. Er klappte es hinten auf und fand eine geeignete Stelle in der unteren Ecke des Vorsatzblattes. Er griff sich einen Bleistiftstummel, setzte sich an den Küchentisch und wartete, bis seine Schreibhand aufgehört hatte zu zittern.

A A A Aus dre der iBlob Biblotehk nov von Oct a v oi ND.
Boula ger ieNoterNotreDame. 8. Parsi Par ppp Paris.

Der Bäcker biegt um eine letzte Ecke und findet seinen Weg von einer Lumpensammlerin versperrt, die eine mit Kleidungsstücken hoch beladene Karre schiebt. Auf dem Kopf trägt sie einen schiefen Turm von drei nach oben zu immer kleiner werdenden Hüten.

Als der Bäcker beiseite tritt, um die Frau durchzulassen, zieht etwas Ungewohntes in seine Nase.

Seine Beine schmerzen, während er heimwärts rennt. Der Rauchgeruch rückt mit jedem atemlosen Laufschritt näher.

Monate, nachdem die Seine ihre Ufer gesprengt hatte, fegte man noch immer schlammigen Schutt und ertrunkene Ratten von den Straßen. Der Gestank des Mists von flussaufwärts gelegenen Bauernhöfen hatte sich nach und nach zu einer vagen Ahnung verflogen. Auf den Boulevards wurde wieder eingekauft, das Leben war wieder gespannte Erwartung.

Pascal Normande stand in der Tür seines Geschäfts und befingerte seine Uhrkette wie einen Rosenkranz. Er sah nach den Zeigern. Mittlerweile musste sich doch wohl etwas getan haben. Er konnte nur mit Mühe an sich halten. Der Widersinn, Herr seines Modehauses und dennoch gänzlich den Launen der weiblichen Natur ausgeliefert zu sein, ließ seinen Kopf schier zerspringen.

Er wahrte den Schein, indem er an den Stofftischen entlang auf und ab ging und Ladendiener anzischte, bevor er sich wieder die Stirn betupfte und zwischen den Beinen der Schaufensterpuppen nach draußen spähte. Er bereute es, dem Botenjungen einen Sou versprochen zu haben, der – wenn das Bürschlein wusste, was für ihn gut war – im Laufe der nächsten zehn Sekunden mit der Nachricht eintreffen würde, dass Monsieur endlich Vater war und Madame binnen kurzem wieder im Laden stehen würde. Also gut, dachte er. Vielleicht einen Franc, sollte die Meldung seinem heimlichen Wunsch entsprechen.

Doch die neue Saison überlagerte diese leichtfertigen Gedanken. Es war keine gute Zeit, um Bébés zu gebären. Eine Normande-Kundin erwartete Pünktlichkeit, keinen Mutterschaftsurlaub. Die neue Kollektion war noch Wochen von ihrer Vollendung entfernt; das Hochwasser hatte äußerst ärgerliche Verzögerungen verursacht.

Pascal warf hinter einem Rock einen weiteren Blick nach draußen, klappte dann seine Uhr zu. Er wandte sich einer vorübergehenden Näherin zu.

Nur noch eine Minute, oder der Junge kriegt nichts, sagte er.

Ein kleiner Hund schlich um die Knöchel der Kleiderpuppen und unter Pascals Nase herum. Das Tier hechelte in der Hitze des Schaufensters, ohne zu ahnen, dass es als Geschenk für ein neugeborenes Kind gedacht war, ein Geschenk, das zu gegebener Zeit Zouzou getauft werden würde. Momentan wusste das Hündchen nur eins: dass es dringend musste. Es verrichtete sein Geschäft in einen Schuh von der Farbe reifer Erdbeeren.

Mistvieh! Mein bestes Paar! Ruiniert!

Pascal atmete durch, beruhigte seine Nerven und hob den Welpen sanft aus der breiter werdenden Pfütze; der Bote kam ins Geschäft gerannt. Seine Mütze lüftend, streckte der Junge eine erwartungsvoll offene Hand aus. Das Lächeln auf Pascals Gesicht zog sich weit und zahnreich auseinander.

Nun?

Meine Glückwünsche, Monsieur. Sie haben Ihr Mädchen.

Und Madame?

Alle sind wohlauf, Monsieur.

Pascal sah auf die noch immer ausgestreckte Hand des Botenjungen. Er händigte dem Jungen den Hund aus und fischte in seiner Westentasche.

Würden zehn genügen?

Die Kundinnen des Ateliers Normande waren sich uneins. Manche behaupteten, trotz der aufgeblähten Leibesmitte, der geschwollenen Füße, des Ausschlags und der Launen und der unablässigen Transpiration, die ein Kleid nach dem anderen ruinierte, habe sich Madame Céleste in ein hingebungsvolles Elternteil verwandelt, weil sie jetzt endlich ein selbst entworfenes Accessoire besaß.

Sie bekommt die Augen ihrer Mutter, sagte jemand. Von tiefstem Braun, oder ich müsste mich gewaltig täuschen.

Eine mit Sicherheit perfekte Nase, sagte eine andere, und einen Mund wie die lieblichste Rosenknospe.

Das Haar der Kleinen, meine Lieben. Wie purer Kakao: nicht so fein, dass es schlaff herunterhängen würde, aber auch nicht so dick, dass es schwer zu bändigen wäre.

Die Natur wird es schon richten. Das Kind wird eine Schönheit werden, eine Augenweide.

Andere waren weniger oberflächlich. In ihren Augen nahm hier lediglich die Natur ihren gebührenden Lauf. Kein Paar, nicht einmal ein so passendes wie Céleste und Pascal, war ohne Kinder wirklich vollständig.

Die Natur *hatte* es bereits gerichtet.

Madame ist wie verwandelt, weil sie jetzt ihre Erfüllung als Frau gefunden hat.

Einen stolzeren Vater wird man nirgendwo finden.

Das Kind wird eine Normande durch und durch sein.

Und das wird nur gut sein.

Pascal fand den Namen Isabelle passend. Nach meiner Mutter, sagte er.

Neun Monate hatten Madame genügend Zeit gelassen, andere Möglichkeiten in Erwägung zu ziehen. Ein früher Favorit war

Eugénie gewesen, nach der ehemals hochgewachsenen und eleganten Gemahlin Napoléons III., aber Madame wurde rasch klar, dass der sich zwangsläufig ergebende Kosename – Nenya – ganz unmöglich gewesen wäre. Es gab die berühmten Schauspielerinnen der Cabarets: Yvettes und Gabrielles sowie eine Sängerin namens Polaire, deren Bild fast wöchentlich in den Zeitungen zu sehen war. Die Möglichkeit, dass sie einen Knaben zur Welt bringen könnte, war Madame nie in den Sinn gekommen.

Nein, sagte sie. Der Name muss etwas Apartes sein. Weiblich. Mit einer Note von Stärke.

Wie ihre Mutter, sagte Pascal.

Isabeau Normandes Augen wurden in der Tat tiefbraun, doch ihre Nase machte einen geringfügig krummen Bogen. Ihr Mund schien nicht so sehr zu erblühen, als vielmehr etwas ins Weite und leicht ins Abschüssige zu streben. Und ihr Haar war zwar eindeutig schokoladenfarben, aber ständig hoffnungslos wirr.

Die Näherinnen des Ateliers Normande machten sich daran, Miniaturkopien von Madame Célestes Garderobe anzufertigen. Schon bald begannen Mutter und Tochter ihre gemeinsamen Einkaufsexkursionen. In den Galeries Lafayette schlenderten sie Hand in Hand zwischen den Kleiderpuppen herum, und Isabeau lernte, Qualität zu beurteilen, indem sie einen Handschuh abstreifte und mit dem Finger eine Naht entlangfuhr. Im Printemps saßen sie am neu kreierten Kosmetiktisch, und Madame führte Isabeaus nervöse Hand, die ihre Wangen über und über mit Rouge beschmierte. In der Samaritaine lunchten sie im Dachrestaurant, wo ihnen der Maître d'hôtel einen Tisch mit Blick auf den Fluss empfahl.

Madame nickte stolz, als der Kellner Isabeaus Stuhl zurückzog, als das Mädchen das Kleid glatt strich, sobald sie hinaufgeklettert war und Platz genommen hatte, als sie sich alle Mühe gab, eine Serviette auf ihrem Schoß auszubreiten, und höflich nach einem Glas Milch verlangte.

Auf einer Fensterbank in der elterlichen Wohnung zog Isabeau Normande an ihren Strümpfen. Mittlerweile eine ansehnliche Vierjährige, der es langweilig wurde zuzusehen, wie ein Sommersonntag auf der Straße vorüberging.

Sie kletterte vom Fenster hinunter und hüpfte zur Tür, die ins Arbeitszimmer ihrer Eltern führte. Auf einem Fuß balancierend – der andere hielt ihren Hund in Schach –, schob Isabeau die Türflügel auseinander. Ihr Vater regte sich in seinem Sessel, sein Schnarchen riss ab. Wir arbeiten, Kind, sagte er.

Pascal Normande döste wieder ein. Er hatte keine Schuhe an, sein Bauch quoll aus einer aufgeknöpften Weste. Madame Céleste hatte sich auf einem Sofa niedergelassen. Die Zeitung in ihren Händen brüllte etwas von politischen Unruhen auf dem Balkan. ANARCHIE AUF DEN STRASSEN! ATTENTAT! KRIEG UNAUSWEICHLICH! Ohne von der Zeitung aufzusehen, schlug sie Isabeau vor, rasch nachzuschauen, warum die Köchin darauf bestand, den Ofen anzuheizen, wo man in der Wohnung auch so schon kaum Luft bekam, und ob eine kalte Suppe nicht für alle bekömmlicher wäre.

Die Köchin stand an einem Tisch und schnitt Karotten in Scheiben, während hinter ihr ein großer Kochtopf simmerte. Isabeau verzog das Gesicht, als sie den Haufen Gemüse sah, der auf das Messer wartete. Die Frau wischte sich den Schweiß von der Stirn und scheuchte Kind und Hund mit einer Handbewegung aus der Küche.

Im Salon warf sich Isabeau in einen Sessel und ließ die Füße über die Lehne baumeln. Sie starrte an die Decke, versuchte, mit den Ohren zu wackeln, bohrte in der Nase. Sie stand vom Sessel auf und schlitterte auf Strümpfen übers blanke Parkett.

Sie zog eine Modezeitschrift aus dem dekorativen Arrangement auf einem Beistelltisch. Bäuchlings auf dem Fußboden, die Fersen in der Luft gegeneinander trommelnd, schob sie den Hund weg und stützte die Ellbogen auf. Sie blätterte in der Zeitschrift bis zu dem Bild einer jungen Frau, deren Kopf von Spitze verschleiert war, die in Stufen von der Krempe ihres Hutes herabfiel. Der Hund stapfte quer über die Zeitschrift und leckte Isabeaus Nase. Isabeau schob den Hund von der Zeitschrift.

Zouzou! Du darfst nicht auf Mamans Frauen trampeln!

Das Tier war unfolgsam, es knabberte an ihrem Ärmel, riss eine Naht auf, sodass ein Stück Stoff lose herabhing.

Isabeau sprang auf. Böser Hund! Schau, was du gemacht hast! Maman wird schimpfen!

Der Hund kauerte sich erwartungsvoll hin. Isabeau sauste um den Sessel herum, flitzte zur Tür, täuschte eine Wendung zum Arbeitszimmer vor, kam schlitternd zum Stehen. Der Hund verfolgte mit dem Kopf ihren Weg. Isabeau sauste aus dem Salon und steuerte die Küche an.

Durch die Pendeltür durch, und dann hüpfte Isabeau um den Tisch herum und schwenkte die Arme über dem Kopf. Der Hund versuchte, ihr mit rudernden Beinen und auf den Fliesen klackernden Pfoten zu folgen. Die Köchin schob einen Haufen Sellerie in ihren brodelnden Kochtopf und kehrte ans Schneidebrett zurück. Der Topfgriff ragte über die Kante des Herdes, ein Haken, der auf einen zerrissenen Ärmel wartete.

Der Hund legte den Kopf schief, als seine Spielkameradin plötzlich ein schrilles Geräusch ausstieß. Isabeau stand erstarrt da, ihre

Finger wie Klauen eingerastet, die ihr Gesicht zerkrallen wollten. Die Köchin ließ ihr Messer fallen und brüllte, um das Geheul des Mädchens zu übertönen.

Das verschüttete Wasser kühlte auf dem Fußboden augenblicklich ab. Locken von Zwiebeln lagen unter dem Tisch verstreut. Zouzou schlappte die Pfütze auf, während die schreiende Isabeau aus der Küche hinausgeführt wurde.

Aus der Verbrennung wurde eine Narbe, ein Stempel, der über die Stirn hinunterschmolz, eine Schleife um ein Auge von nach wie vor sattestem Braun zog, auf der Wange eine unregelmäßige Pfütze bildete, an der Linie des Unterkiefers vertröpfelte. Als habe ein ebenso begabter wie übelwollender Künstler sie sich vorgenommen und an möglichst günstigen Stellen mit Glanzlichtern versehen, da, wo die Narbe die Haarlinie berührte, eine zarte weiße Linie angefangen und diesen dünnen Strich dann durch lange, dunkle Strähnen gewoben.

Die Narbe selbst wurde zu einem Reflex, der Jung Isabeaus Kopf ab- und seitwärtsdrehte, damit Haarlocken über die verunstaltete Seite ihres Gesichts fallen konnten. Sie lernte es, die streunenden Strähnen an ihren Platz hinter ihrem Ohr zu verweisen, ihnen dabei aber genügend Spiel zu lassen, um neugierige Augen ablenken zu können.

An sonnigeren Tagen konnte man sie im Wohnungsflur antreffen, einer Flucht von prunkvoll gerahmten Spiegeln, deren gebrochene Kanten alles, was sich in ihnen abbildete, mit einem Regenbogen umgaben. Wenn das schräge Licht des Nachmittags durch den Flur tanzte, suchte Isabeau aus einem der Magazine ihrer Mutter ein Bild heraus.

Der Kopf des Modells füllte die ganze Seite, dem Betrachter mit einem spröde erhobenen Kinn und anmutig gebogenem Hals zugewandt. Isabeau faltete das Bild der Länge nach und stellte sich dann vor die Spiegel. Sie hielt sich die Zeitschrift vors Gesicht und verschob die zusammengefaltete Seite so lange, bis die Nasenwurzel des Modells ihre eigene berührte. Ein neues Gesicht blickte aus den Spiegeln an der gegenüberliegenden Wand zurück, ein halbes Lächeln, das sich zu einem Chor seiner selbst wiederholte.

Der Löschzug trifft ein. Ein Dutzend Männer verschmelzen zu einer einzigen handelnden Masse. Sie rüsten sich schweigend, in ihre Arbeit vertieft, während der Hauptmann seine Bitte Zurücktreten, Mesdames!, Passt auf, Kinder!, Platz machen, Messieurs! wiederholt. Mit solcher Entschlossenheit konfrontiert, drängt sich die Menge vor dem Tortenstück auseinander, um einen Zugang zum Eingang der Bäckerei frei zu machen.

Um das Feuer in den oberen Geschossen zu erreichen, stemmt die Wehr die blaue Tür auf und stürmt durch den Laden. Sie nimmt keine Notiz von der leeren Vitrine, den Weidenkörben, die auf das Sortiment eines weiteren Tages warten, den auf die vergilbenden Wandkacheln gemalten Vignetten. Schwere Stiefel hinterlassen schwarze Striemen auf dem polierten Marmorfußboden.

Seinen Männern folgend, wird der Hauptmann vorübergehend abgelenkt. Eine Bleistiftzeichnung – das Bild einer jungen Frau – hängt in einem schlichten Rahmen über der Kellertür. Das Porträt ist zur Hälfte dunkel. Eine dicke Kurve von Haaren, von einer weißen Strähne gestreift, wirft einen Schatten über das Gesicht. Nur das sichtbare Auge der Frau, dunkel schimmernd, erwidert seinen Blick.

Indem er seine Männer ermahnt, einen kühlen Kopf zu bewahren und die Augen offen zu halten, lässt der Hauptmann die Brigade an sich vorbei poltern. Er schaut ihnen nach, wie sie im hinteren Teil des Gebäudes verschwinden, zieht dann seine schweren Handschuhe aus. Er küsst sich die Fingerspitzen und tupft mit ihnen aufs Porträt.

Wünschen Sie uns Glück, Mademoiselle.

Die Feuerwehrmänner steigen die Treppe hinauf bis zum obersten Absatz und ringen Schlauch, Axt und einander in das, was von der Wohnung des Bäckers verbleibt. Schon abgedeckt und bis auf die schwarzen hölzernen Knochen ausgeweidet, Rauch in die Juliluft ablassend und den Menschenauflauf unten mit Bücherschnee berieselnd.

Die Lehrer empfahlen ihm, versuchsweise im Freien zu arbeiten. Ein entschieden brachialerer Ansatz, sagten sie, und mit Sicherheit nicht die Art, wie wir es zu unserer Zeit hielten, aber ein windiger Nachmittag am Fluss oder ein Abend in den Parks, damit zugebracht, Insekten von seiner Leinwand zu pflücken, könnten Monsieur Kalbs eher diffuse Fähigkeiten fokussieren.

Nebel hing über dem Pont des Arts. Jacob zog ein Bündel von Stäben aus seiner ramponierten Reisetasche. Er löste die Lederriemen, die das Bündel zusammenhielten, während die Lehrer in seinen Ohren weitertönten.

Halten Sie sich das vor Ihr geistiges Auge, Monsieur Kalb.

Jacob zog sich die hängende Hose hoch, entriegelte ein paar Scharniere und klappte die Stäbe auseinander. Er ignorierte die Steifheit seiner Gelenke, den Schmutz unter seinen langen Fingernägeln, die Kühle des Abends. Schließlich stellte er eine wackelige Staffelei am Geländer auf.

Erkennen Sie die Wahrheit, Monsieur Kalb.

Jacob zog eine kleine Leinwand aus der Reisetasche –

Kunst ist Wahrheit, Monsieur Kalb.

– und platzierte sie dann auf das Querholz der Staffelei.

Winkel und Wasserwaage, Monsieur Kalb. Wenn Ihre Arbeit mehr als Gekritzel sein soll.

Jacob trat von der Staffelei zurück, seine Augen folgten dem Fluss, der in den Nebel glitt. Gebäude, weichgezeichnete Blöcke von gräulichem Blau, verschmolzen mit dem Himmel. Im stumpfen Licht wurden die Bäume entlang der Uferstraße zu Schneisen von dunklem Grau. Während er auf die schwarze Leinwand starrte, bemühte sich Jacob, eine fertige Landschaft heraufzubeschwören.

Sehen Sie es, Monsieur Kalb. Als sei es schon fertig und zum Trocknen beiseite gestellt.

Hier finde ich also meinen Señor Kalb, eifrig am Arbeiten.

Jacob fuhr herum. Der, den sie *el Bárbaro* nannten, ein Klassenkamerad aus der Akademie, stand da und schaute auf Jacobs schwarze Leinwand.

Und deshalb bin ich traurig. Mein Kalb hat heute keine Wahrheit gefunden.

Jacob spürte, wie sich seine Kehle zuschnürte, seine Hände feuchtkalt wurden. Der Drang, die Hand auszustrecken und seinen Freund zu berühren, durchschauerte ihn. Der Barbar lächelte.

Du bist zu ängstlich, *mi amigo*. Deswegen werden wir heute Abend deine Sorgen ignorieren. Wir werden fressen wie die Makaken, die wir sind, auf das Wohl unserer Leierkastenmänner trinken und sie gleichzeitig aus dem anderen Mundwinkel verfluchen. Sie erzählen uns, Kunst sei Wahrheit, während wir doch nur am Ende unserer Leinen tanzen. Also werden wir heulen, dass das *Leben* die Wahrheit ist, und sie werden aufhören, an ihren kleinen Musikkästen zu kurbeln, und wir werden ein bisschen auf Leben machen. Einverstanden?

Jacob stülpte seine Taschen um.

Das Wetter war heute erbärmlich, sagte er. Die Parks waren wie ausgestorben, niemand saß da. Ich habe nichts verkauft.

Der Barbar verzog die Lippen zu einem Clown-Schmollmund, während seine Augen lächelten.

Aber meine Traurigkeit hält sich in Grenzen, *mi amigo*. Ich hab was von einem Tableau vivant heute Abend läuten hören. Eintritt frei, Getränke aufs Haus. Alle werden da sein.

Es hatte schon andere Abende gegeben: eine Woche zuvor, vielleicht einen Monat oder mehr, oder in jenen ersten Tagen auf der Akademie. Bei dem, was Jacob davon noch wusste, hätten sie ebenso gut Träume gewesen sein können.

Ein klebriger Fußboden, der sich unter seinen Füßen drehte. Durchdringende Schreie und manisches Gelächter erfüllen seine Ohren. Aus heiterem Himmel springt ihn ein Gemälde an. Manets *Déjeuner sur l'herbe:* jedes Detail so scharf wie zerbrochenes Glas. Versatzstücke von einem Picknick und Körpern schwimmen ihm vor den Augen. Im Vordergrund verändert das blasshäutige Aktmodell des Malers seine Pose, die großen schwarzen Augen direkt auf Jacob gerichtet.

Gefällt Ihnen, was Sie sehen, Monsieur?

In der Ecke einer Kellerbar schlingt sich Jacobs Arm um jemandes Taille. Sie sind sturzbetrunken, liefern reihum Imitationen ihrer Lehrer. Die Luft ist vom Gestank nach altem Schweiß und verschüttetem Bier fast buchstäblich zum Schneiden. In der Mitte des Raums steht eine improvisierte, leere Bühne. Hinter dem Tresen ein Plakat: DAS NÄCHSTE MITTAGESSEN! NUR EINMAL SITZEN!

Zwei junge Männer steigen feierlich auf die Bühne. In zerlumpte Anzüge gekleidet, nehmen sie Aufstellung vor einem fleckigen Bettlaken, das, an den Deckenbalken aufgehängt, mit der Impression einer Waldlichtung bemalt ist. Zusammengeschnorrte Körbe erscheinen, ihr Inhalt – verfaultes Obst, Flaschenkorken, altbackene Brotkanten – wird um die zwei Männer verstreut. Das Publikum, im dämmerigen Zimmer zusammengequetscht, pfeift und trampelt mit den Füßen und grölt nach mehr.

Ein Junge, nicht älter als fünfzehn, schlurft ins Bild. Er trägt einen abgewetzten Vorhang wie eine Toga. Im Zigarettendunst blinzelnd, nimmt der Junge eine Pose ein, als pflücke er aus der Lichtung eine Blume. Als er sich vornüber beugt, bemüht er sich ungeschickt, sein Gewand am Aufgehen zu hindern.

Ein älterer Mann, schweinchendick und nackt, springt ins Bild. Vollständig weiß gepudert, geht er auf Zehenspitzen zum Zentrum der Gruppe. Er knickst und nimmt seinen Platz ein, drapiert vor seinen Picknickgefährten. Er legt einen Ellbogen auf ein erhobenes Knie, stützt das Kinn auf die Hand und wendet sich zur Menge. Er wird, wenn auch nur für einen Augenblick, zu Manets Akt, seine Lippen schlüpfrig von Rouge und zu einem theatralischen Lächeln verzogen.

Gefällt euch, was ihr seht, meine Freunde?

Der Keller bricht in Beifall aus.

Jacob stolpert aus einer Gasse, zieht sich dabei die Hose hoch. Es ist Minuten oder Stunden später. Die Stimme des Barbaren, der seinen Namen ruft, hallt hinter ihm von den Wänden.

Gegen Ende dieses Trimesters wurde Jacob aufgefordert, die Akademie zu verlassen, wobei die Lehrer erklärten: Während Ihre Porträtmalerei vielversprechend ist, Monsieur Kalb, verraten Ihre Landschaften nicht einmal ein rudimentäres Verständnis. Sie erklärten, seine Aussichten auf Entwicklung erschienen ebenso trüb. Man wünschte ihm alles Gute für seine Suche nach einer anderen Beschäftigung, vielleicht als Plakatmaler für die Theater oder als Karikaturenzeichner für die Zeitungen. In diesen Metiers, da waren die Lehrer ganz zuversichtlich, würde er das, was sie ihn über das Zeichnen von Gesichtern gelehrt hätten, nutzbringend anwenden können. Es seien die Augen, riefen sie ihm ins Gedächtnis, in denen sich alles offenbarte.

Jacob sagte während der ganzen Besprechung nichts. Keiner der Lehrer sah ihn direkt an.

Auf dem Absatz vor der Dachkammer einer Fremdenpension stand die Frau des Hauswirts, beide Hände in die Bauchtasche ihrer Schürze vergraben, und verfluchte still ihren Mann, der nicht das Rückgrat hatte, Kündigungen selbst zu überbringen.

Sie sah Jacob Kalb dabei zu, wie er seine Arbeitsgeräte zusammenpackte: einen Farbkasten, drei Pinsel, ein paar Bleistifte, ein Stäbchen Zeichenkohle, ein abgestumpftes Federmesser, die Klapp-Staffelei, ein aufgerolltes kleines Quadrat Leinwand, sein Skizzenbuch.

Es ist ein schwarzer Tag, Monsieur. Aber die Miete, Sie verstehen. Sie und ich sind Monate im Rückstand.

Ich wünschte, meine Fähigkeiten hätten mehr eingebracht, sagte Jacob.

Die Frau des Hauswirts schaute ins Zimmer. An der Deckenschräge hing eine kunterbunte Galerie von kleinen Landschaften, halbfertigen Aquarellen, Ölskizzen, Tusche- und Bleistiftzeichnungen. Sämtliche Licht-, Farb- und Witterungsverhältnisse, jegliche Art von Himmel, immer dieselbe Aussicht auf die Seine. In jeder schwebten ein paar Vögel über dem Fluss und, kaum sichtbar, spazierten unter den Bäumen die gleichen silhouettenhaften Gestalten.

Wo werden Sie wohnen?, sagte die Frau.

Für eine Weile unter den Sternen, nehme ich an

Die Frau des Hauswirts stupste Jacob in die Rippen.

Sie sind zu dünn für das Leben der Bohème, Monsieur. Verkaufen Sie ein paar Bilder. Laufen Sie zur Abwechslung mit ein paar Münzen in der Tasche herum. Zahlen Sie Miete.

Eine Zeit lang lebte er in der Nähe der Markthallen. Er wollte die schreienden Geflügelhändler malen, die überquellenden Haufen von Gemüse, die dicken, vergnügten Fischweiber, die Lastenträger mit ihren gigantischen Pilzkörben. Aber wenn sich in einer der Bruchbuden der Geruch von verfaultem Kohl und altem Käse einzuschleichen begann, zog Jacob in die nächste. Was ihn endgültig vom Marktviertel vertrieb, waren die gebrühten Ferkel, ihre mitten im Blinzeln erstarrten Wimpern, ihre noch im Tod geringelten Schwänzchen. Er fand ein trockenes Eckchen hoch oben unter den Bögen des Pont des Arts und steckte seinen Platz mit allem ab, was er besaß.

Was restlos in seine Reisetasche passte. Die Farbtuben, die Überreste eines Wollpullovers, ein Paar Halbfingerhandschuhe, ungleiche Socken, die dicke Cordjacke, die er an seinem ersten Tag in Paris getragen hatte, eine Blechdose voll zusammengeschnorrter Zigarettenstummel. Nur sein Skizzenbuch, erneuert mit dem Geld, das er mit Schnellporträts verdiente, war steif vor leeren Seiten. Ein quadratisches Stück Leinwand, aufgerollt, damit es nicht knitterte, ruhte zwischen den Griffen der Tasche.

Auf dieser einen Leinwand unternahm Jacob jeden Tag einen neuen Versuch. Und wenn die Sonne hinter Wolken verschwand oder Wind aufkam, spannte er sein Tagewerk von seiner Staffelei ab und begab sich ans Flussufer. Dann legte er die Leinwand auf die Wasseroberfläche und zog sie auf der Strömung vor und zurück. Während Ranken von Farbe flussabwärts schlierten, kroch die Taubheit in seinen Fingern bis in die Handgelenke hinauf. Die Grüntöne, die er verwendet hatte, um die Bücherstände wiederzugeben, lösten sich als Letzte auf.

Wenn er sich nachts schlafen legte, breitete er die leere Leinwand neben sich aus. Blieb der Flussnebel unten, konnte sie im Morgengrauen trocken sein. Trocken genug für einen neuen Tag und einen neuen Anfang auf der Brücke.

Für Jacob wurden die Buchhändler entlang der Uferpromenade zu einer bunten Truppe von lebenden Modellen. Manche gingen barhäuptig; manche trugen Hüte. Manche schoben sich Brillen auf die Stirn; andere hingen wie Säcke auf Hockern und schnarchten. Es gab dicke Schals um dürre Hälse, zu kleine Mäntel um zu breite Schultern, alte Stiefel und Sandalen. Jeder verteidigte seinen Stand mit einem anderen Hilfsmittel, angefangen bei Gehstöcken und Staubwedeln bis hin zum gut gezielten Spucken von Tabaksaft und lauten Flüchen. Jeder hatte ein spezifisches Ritual für die morgendliche Standöffnung oder das abendliche Schließen. Sie mochten auf dem gleichen Hocker herumgerutscht sein oder unter denselben Bäumen geraucht oder sich einhellig gewünscht haben, die gelegentlichen Passanten möchten einfach weitergehen und aufhören, sie zu belästigen, und doch war jeder so verschieden wie die Bücher, die sie feilboten.

Nicht lange, nachdem er an den Fluss umgezogen war, wurde Jacob auf einen bestimmten Bücherstand aufmerksam. Es war die Farbe, die ihm ins Auge fiel: dass das Grün sich veränderte, je höher oder tiefer die Sonne stand, je trüber oder leuchtender der Himmel war. Er versuchte, den Stand in seine Landschaften einzubeziehen, brachte Wochen damit zu, seine Mischungen abzustimmen: Preußischblau und Indischgelb für das abendliche tiefe Grün; Ultramarinblau, Cadmiumgelb und ein Tropfen Alizarinviolett für seinen morgendlichen Salbeiton; während sein Lindgrün am Mittag einen großzügigen Pinselvoll Zitronengelb erforderte.

Der Stand schien drei Eigentümer zu haben. Einer war alt und gebeugt, der zweite rundlich und mittleren Alters, der dritte ein junger Mann, halbwüchsig vielleicht. Jacob nahm an, dass es ein Familienunternehmen war; der Junge zog meist den Kürzeren. Er wärmte fast jeden Tag den Hocker.

Abends, wenn die Sonne hinter den Gebäuden am Fluss versank, sah Jacob immer dabei zu, wie der junge Buchhändler einen großen Band aus dem Stand nahm. Der Junge spähte die Uferpromenade hinauf und hinab, vergewisserte sich, dass niemand näher kam, und legte das Buch auf den Boden. Dann schob er sich die Brille auf den Kopf, stellte sich mit beiden Füßen auf die Seiten des aufgeklappten Buches, hob die Arme seitlich empor und wandte das Gesicht zum Himmel.

Der Bäcker lässt seine Bücher fallen, sucht erregt nach einem Weg durch die Menge. Während sie beiseite treten, wenden sich manche ab, beschämt, dass sie nichts tun konnten, unfähig jetzt, mit anzusehen, wie ein Mann, den sie schon ihr Leben lang kennen, mit einer solchen Tragödie konfrontiert wird. Ein paar rufen, dass sie zu ihm stehen.

Erinnern Sie sich, wer Sie sind, Monsieur. Denken Sie an Ihren Vater. Seien Sie ein Notre-Dame.

Der alte Mann mit der dicken Brille tritt dem Bäcker in den Weg.

Es tut mir furchtbar leid, mein Freund. Jetzt sind sie alle hin.

Die ältere Frau, die die ganze Zeit Anweisungen geschrien hatte, kommt vom Rand der Menge heran.

Mein liebster Junge, danken Sie dem Herrn, dass Sie unversehrt sind.

Der Bäcker sieht niemanden, hört keinen Trost.

Er schüttelt die Hand des Alten von seiner Schulter und tritt an die blaue Tür. Er kann sich nicht erinnern, sie aufgelassen zu haben. An der Theke und den leeren Körben vorbeigehend, folgt er einer Spur von Stiefelabdrücken zum Treppenhaus und nimmt je zwei Stufen auf einmal.

Octavio Notre-Dame war so mager wie sein Vater, doch seine Hände waren für jemanden seines Alters kräftig und geschickt. Seine Mutter hatte ihm einen Schopf von schwarzem Haar vererbt, das nur geölt und unter einen Hut gezwängt parierte. Die Augen des Jungen waren wiederum ganz seine; so klein wie Kragenknöpfe, vom strahlendsten Grau, eins davon mit einer Braue gekrönt, die sich eine Spur höher wölbte als die andere. Als stehe er kurz davor, ein Geheimnis zu verraten.

In einem stickigen Raum voll von Sechsjährigen, bei denen jedes Kratzen und Zucken den Glauben an die Unschuld von Knaben an seine Grenzen trieb, schrieb eine Ordensschwester Zahlen an die Tafel: 1349; 1431; 1572; 100 000; 1793; 16.

Die Nonne wandte sich ihren Schülern zu. Meine Herren, sagte sie, wir werden jetzt unsere Geschichtskenntnisse überprüfen.

Octavio versenkte sein Kinn tief in seinen Kragen; seine Finger krampften sich unter dem Pult ineinander. Er flüsterte in sich hinein.

Monsieur Notre-Dame?, sagte die Schwester. Sie unterstrich die 1349.

Die Nägel in die Handteller gebohrt, murmelte Octavio das Wort *Pest*.

LAUTER, MONSIEUR. Auf dass Gott Sie hören kann.

1349, Schwester. Der Schwarze Tod.

Fahren Sie fort, sagte die Frau. Sie klopfte jede Zahl mit ihrer Kreide ab.

1431, Schwester. Jeanne d'Arc wird bei lebendigem Leib verbrannt.

1572. Bartholomäustag. 100 000 werden von den Katholiken getötet.

1793. König Ludwig wird guillotiniert.

Und welcher Ludwig wäre das, Monsieur?

Der 16., Schwester.

Sehr gut. Und die 100 000?

Octavio schaute zu, wie das runzlige Gesicht der Nonne zu dem der heiligen Johanna zerschmolz. Die blasse Haut des Mädchens knisterte im Feuer, während ihre tropfende Rüstung vor der Tafel eine Pfütze bildete. Sie fragte Octavio dauernd warum. Warum so viele sterben mussten.

Notre-Dame?, sagte die Schwester.

Octavio wünschte, sie hätten der armen Jeanne nicht den Kopf rasiert.

NOTRE-DAME!

Die Jungfrau von Orléans verpuffte zu einer Stichflamme.

Weil sie Protestanten waren, Schwester.

Es geht um die Schuhe des Jungen, Madame.

Der Kurat der Schule hatte Madame Notre-Dame zu sich bestellt. Während sie im Büro des jungen Geistlichen saß, wanderten ihre Augen über eine Karte der heiligen Länder, die hinter ihm an der Wand hing.

Madame?

Schuhe, Vater. Davon sprachen Sie gerade.

Leider am jeweils falschen Fuß. Das ist ein Zeichen.

Madame spürte die Kühle von Gabriels Flüstern an ihrem Nacken.

Lass dir das eine Lehre sein, Immacolata.

Madame wischte sich mit einer Hand über das Ohr, als verscheuchte sie eine lästige Fliege.

Eine Botschaft, Vater?

So könnte man sagen, Madame. Oder ein Symptom.

Seine Schuhe. Am jeweils falschen Fuß.

Ständig, sagte der Kurat.

Es ist schon schwierig genug, ihn daran zu erinnern, überhaupt Schuhe anzuziehen.

Madame, es geht hierbei nicht um Vergesslichkeit. Es geht um Octavios Wortblindheit.

Blindheit, Vater? Mein Junge kann ausgezeichnet sehen.

Stimmt, aber was er nicht kann, ist rechts von links unterscheiden. Irgendwo zwischen seinen Augen und seinen Füßen geht das Signal verloren. Sein Gehirn bringt die beiden nicht miteinander in Verbindung. Er sieht seine Füße, und er sieht seine Schuhe, aber er sieht keine Übereinstimmung zwischen ihnen.

Madame wandte den Kopf zur Seite und folgte dem Jordan, bis er im Toten Meer verschwand. Der Kurat fuhr fort.

Der Junge kennt die Buchstaben. Er kennt die Wörter, die sie ergeben sollten, aber er kann sie nicht in die richtige Reihenfolge bringen. Sein Gehirn mischt sie durcheinander oder kehrt sie um, oder stellt sie auf den Kopf. Manchmal verliert er sie vollends. Glauben Sie mir, Madame, ich habe mich informiert, die einschlägigen Studien gelesen, die aktuellsten Theorien herangezogen. Die Fachleute nennen das Wortblindheit. Es ist eine ziemlich neue Erscheinung.

Madame runzelte die Stirn. Sie wollen damit sagen, er liest nicht wie die anderen Jungen?

Kann nicht lesen, Madame, kann nicht. Nicht viel mehr als seinen eigenen Namen. Und ich fürchte, seine Buchstaben sind ebenfalls hoffnungslos.

Madame Notre-Dame spürte, dass ihre Augen wieder vollliefen. Sie weinte inzwischen fast täglich.

Du wirst nicht empfinden, was Mütter empfinden.

Der Kurat reichte ihr ein Blatt Papier, das mit Tintenklecksen, kleinen Fingerabdrücken, einer wilden Krakelei bedeckt war.

Die Schüler nehmen die Genesis durch, Madame. Das hat Ihr Sohn geschrieben.

im nAfnag
Im Anfang chsuf ttoG
Im Anfang schuft gott Gott himel Himel
und Erd Erde im Anfang schuf
im Anganf
im Im Anfang schuf Gott himmel Himmel und erde. Die nud die
Erde wra edö dnu leer und lin li fnistrniss
war iibre dem bAgg ggg Anfang Anfang Anfang

Er ist ganz sein Vater, sagte Madame Notre-Dame. Sie gab das Blatt dem Priester zurück.

Und ein braver und angenehmer Junge, Madame. Klein für sein Alter, bleibt meist für sich, aber auf seine Art intelligent. Im Rechnen ist er sehr gut. Verrät eine echte Begabung für Zahlen und Daten. Er versetzt mit seinem Gedächtnis die Schwestern fortwährend in Verwunderung. Historische Ereignisse, Schlachten, Eroberungen, die Regierungszeiten von Königen und Königinnen, solche Dinge. Es ist alles sehr bemerkenswert, wenn man bedenkt …

Was bedenkt, Vater?

Er wird nie wie andere Kinder lernen. Der Junge fällt von Tag zu Tag mehr zurück. Zahlen und Auswendiglernen haben ihre Berechtigung, aber sie können ein so zerstreutes Gehirn nicht gänzlich zusammenhalten. Kunst, Literatur, Philosophie – nichts davon wird jemals Octavios Sache sein. Er wird nie das, was man ein geistiges Leben nennt, führen.

Madames Augen liefen über.

Meine gute Frau, sagte der Kurat, es besteht kein Grund zu Tränen. Bewahren Sie sich Ihren Glauben an den Herrn. Wie alle unsere Sünden, ist auch die Schwäche des Jungen schlicht Teil eines größeren Plans.

Madame tastete ihre Ärmel nach einem Taschentuch ab. Vater, als ich meinen Mann kennenlernte, war ich mit dem zufrieden, was der Himmel mir zugedacht hatte. Die Geschichten meines Émile waren bezaubernd; sie brachten mich zum Lachen, sie brachten mich dazu, mich zu verlieben. Es machte mir nichts aus, dass er nicht lesen konnte. Im Gegenteil, ich liebte ihn dafür nur umso mehr. Er schämte sich nicht seiner – wie haben Sie das genannt? – Schwäche. Wie hätte *ich* mich dann schämen dürfen? Er sagte, die Notre-Dames hätten immer zu viel gearbeitet, um Bücher zu lesen. Also schenkte mir Gott meinen stolzen Émile, und ich akzeptierte ihn so, wie er war. Von ganzem Herzen. Ist das nicht gläubig genug?

Die Einhaltung von Gottes Geboten ist kein Tauschgeschäft, Madame.

Alles, was ich als Gegenleistung wollte, Vater, war, dass der Herr mich – Émile und mich – mit einem Kind segnet. Es erschien mir eine so kleine Bitte. Dass einem gegeben werde, gleichwie man selbst gibt. Sind Kinder nicht eine Gabe Gottes? Ich kannte die Risiken, und das sagte ich Gabriel auch. Ich wusste, dass ein Kind das Schicksal seines Vaters erben könnte, so wie Émile das seine geerbt hatte. Und ich habe mit jedem wachen Augenblick versucht, eine gute Mutter zu sein. Aber jetzt soll mein Junge für meine Selbstsucht bestraft werden. Überhaupt keine Mutter zu haben, und jetzt auch noch weggeschickt zu werden. Das dürfen Sie nicht tun, Vater. Nichts davon ist seine Sünde, es ist meine.

Madame, ich bin sicher, dass Sie eine gute Mutter sind und dass Sie nur das Beste für Ihren Sohn wollen. Dann vertrauen Sie uns, dass auch wir das für ihn tun. Es wird für Octavio besser sein, wenn er zu Hause bleibt. Zu gegebener Zeit wird er das Handwerk Ihres Mannes lernen und ihm zweifellos alle Ehre machen. Seien Sie versichert, dass der Erzengel Gabriel Sie erhört hat. Er weiß, was Sie getan haben. Es ist uns aufgetragen, seinen Plan auszuführen. Wir müssen Octavio lediglich, sagen wir, weniger intellektuelle Bedingungen schaffen. Der Junge wird seinen Weg machen; das verspreche ich Ihnen. Und Gott wird ein Wohlgefallen an ihm haben.

Eine Lehre, Immacolata, für die Eigensüchtige.

Auf dem Heimweg dachte Madame über den Marmortisch im Keller der Bäckerei nach. Émiles besorgtes Gesicht, die letzte brennende Wehe, der Klang des ersten Lauts ihres Kindes. Dann die sich zuziehende Dunkelheit, als sie versuchte, sich aus einem Loch heraus zu krallen, nur um immer tiefer zu versinken. Die feuchte Erde unter ihren Fingernägeln.

Sie spürte, wie ihre Knie nachgaben, befürchtete, sie würde auf dem Trottoir zusammenbrechen. Sie sah sich selbst neben dem Bordstein liegen, eine Traube von Passanten über sie gebeugt. Madame ergriff die Hand ihres Sohnes, darum betend, dass jene winzige rosa Faust, die sie aus der Teigschüssel hatte aufsteigen sehen, sie stützen möchte. Sie fragte sich, ob Gabriel überhaupt zuhörte, ob er je ein Wort vernommen hatte.

Octavio wagte nicht zu lamentieren, dass ihm der Klammergriff der Mutter wehtat oder dass er nicht so schnell konnte, oder dass er gleich seinen Ranzen verlieren würde, oder dass sie ihm Angst machte. Als sie sich dem Tortenstück näherten, ließ sie plötzlich seine Hand los und blieb, mit bebenden Schultern, mitten auf der Straße stehen. Octavio stotterte, es tue ihm leid – alles würde gut werden – die anderen Jungen würden ihn nicht mehr hänseln – sie würde ihn nicht in die Schule zu begleiten brauchen – bitte nicht mehr weinen – ich verspreche verspreche verspreche, brav zu sein.

Er rannte durch die Tür des Bäckerladens, wo sein Vater war.

Auf dem obersten Absatz angelangt, hält der Bäcker beim Anblick inne: seine Wohnungstür aus den Angeln, gesprungen und verzogen, von Axtgriffen zerschrammt, der Lack blasig aufgekocht. Der Feuerwehrhauptmann kommt aus der Wohnung und schiebt die Tür beiseite. Der Bäcker versucht, sich vorbeizudrängen, schafft es, einen Blick über die breite Schulter des Mannes zu werfen: Quadratische Türme, die einst Wände von Farbe gebildet hatten, stehen jetzt wie geschmolzene graue Backsteine, Silhouetten vor freiem Himmel. Der Hauptmann hält den Bäcker fest im Griff.

Da kann man nichts mehr machen, Monsieur.

Ich bekomme also einen neuen Lehrling, sagte Monsieur.

Émile Notre-Dame fuhr fort, einen Teigklumpen zu zerteilen, während seine Frau ihm von ihrem Besuch in der Schule berichtete. Ruhig legte er die eine Hälfte beiseite, mehlte den Tisch ein und griff nach seinem Nudelholz. Als Madame den Keller verließ, begann er, den Teig auszurollen. Dann, zum zweiten Mal in seinem Leben, sprach er zu Gott.

Er fragte den Herrn, woher seine Grausamkeit komme.

Du bestrafst einen weiteren unschuldigen Jungen, den nächsten Notre-Dame, für die Dummheit seines Vaters. Was haben wir nur getan, um diesen Fluch zu verdienen?

Er wollte wissen, wie Gott es wagen konnte, einer guten Frau das Herz zu brechen.

Sie hatte sich so sehr gewünscht, Mutter zu sein, wenn du sie doch nur gelassen hättest.

Er erinnerte Gott an ihr erstes Gespräch. Wie er, am Traualtar kniend, jedem Engel und jedem Heiligen dafür gedankt hatte, dass sie seine Immacolata den ganzen Weg von der Toskana hierher geleitet hatten, durch all die Haifische und Meerjungfrauen hindurch, damit sie neben einem einfachen Mann aus dem 8. Arrondissement knien könnte.

Und jetzt verdammst du sie zu diesem Keller.

Monsieurs Nudelholz platzte vom einen zum anderen Ende auf, als er es auf den Marmor knallte.

In der Notre-Dame'schen Wohnung war die Luft an diesem Abend schwer. Ohne ihren Teller angerührt zu haben, hatte Madame den Küchentisch verlassen und die Schlafzimmertür hinter sich geschlossen. Monsieur sah ihr nach, bis sie verschwunden war, rutschte dann mit seinem Stuhl neben den von Octavio. Sie starrten auf ihre Hände. Endlich sprach der Bäcker.

Ich war auch nicht sehr für die Schule. Wir Notre-Dames haben schon immer andere Wege gefunden, uns die Zeit zu vertreiben.

Minuten vergingen in Schweigen. Sechzehn Finger waren verschränkt, vier Daumen drehten sich langsam. Als Octavio anfing, auf seinem Stuhl herumzurutschen, landete eine Taube draußen auf dem Küchenfenstersims.

Hab ich dir schon die von den Vögeln erzählt?, sagte Monsieur.

Octavio schüttelte den Kopf. Monsieur löste seine Hände voneinander und legte sie flach auf den Tisch.

Sehr schön. Stell dir eine frühere Zeit vor.

Als ein Kaiser wie kein anderer lebte. Er gab keine Feste und schrieb keine Gesetze. Nie besuchten ihn fremde Könige; keine Botschafter schauten vorbei, um Abkommen zu erbitten; er schickte keine Armeen aus, damit sie seine Nachbarn eroberten. Er wohnte nicht in einem Palast, nie ließ er sich von fahrenden Sängern unterhalten, er rief keine Feiertage aus. Er war kein Tyrann, der seine Feinde in seinen Verliesen einsperrte, ebenso wenig war er ein Irrer, der der Sonne befohlen hätte, ihre Hitze zu verringern. Dieser Kaiser war ein einfacher Mann, wie sein Vater vor ihm, und seines Vaters Vater, und davor seines Vaters Vaters Vater. Ein guter, einfacher Mann.

Aber trotzdem ein Kaiser, sagte Octavio.

Wie kein anderer, sagte Monsieur. Aber mit einem Geheimnis.

Monsieur schaute zu, wie sein Sohn große Augen bekam, dann senkte er seine Stimme. Der Kaiser, flüsterte er, war nicht weise genug, um Kaiser zu sein.

Dachte er jedenfalls. Als Junge hatte sich der Kaiser immer fehl am Platz gefühlt. Die Kinder in seiner Umgebung schienen gescheiter als er zu sein. Immer, wenn er fragte, wie sie so viel wissen konnten, lächelten sie bloß und zuckten mit den Schultern. Ein Vögelchen hat uns das gezwitschert, lachten sie dann. Auch als er zum Mann herangewachsen war, blieb sein Unbehagen. So sehr der Kaiser auch zu lernen versuchte, so sehr er auch versuchte zu verstehen, so viel er auch zu wissen glaubte, immer taten andere so, als wüssten sie mehr.

So wie die Stadt des Kaisers eine Stadt prächtiger Gebäude und schöner, dichtbelaubter Bäume war, so war sie auch eine Heimat für Vögel. Die Bürger liebten ihre gefiederten Gefährten, boten ihnen Obdach und Schutz und freuten sich über jedes Lied, das sie sangen.

Aber trotzdem sprachen die Vögel nicht zum Kaiser?, sagte Octavio.

Geduld, mein Junge. Alle liebten die Vögel, doch gab es auch Bürger, die den Klang ihrer eigenen Stimme ebenso sehr liebten. Müßiges Geschwätz flog durch die Straßen, gerade wie die Vögel. Bei diesem ganzen Tratsch wusste der Kaiser, dass sein Geheimnis irgendwann herauskommen würde. Man würde ihn auslachen und einen Dummkopf nennen.

Der Kaiser musste einen Weg finden, sein Geheimnis zu verbergen. Also zog er eines Tages seine schönsten Sachen an. Er putzte seine Schuhe blank und kämmte sich die Haare und schrubbte sich das Gesicht. Dann suchte er den bedeutendsten Künstler der Stadt auf. Ich möchte ein Porträt von mir anfertigen lassen, sagte er. Male mich so, wie du mich siehst. Mach mich nicht größer oder schlanker oder schöner. Ich will nur ein getreues Abbild haben, schlicht und einfach.

Aber er war schön?, sagte Octavio.

Die Damen fielen in Ohnmacht, wo er auch vorbeikam, sagte Monsieur. Wo war ich jetzt stehengeblieben?

Beim Bild, Papa.

Genau. Der Künstler war noch vor Ende des Monats fertig, und der Kaiser war äußerst zufrieden. Dieses Porträt anzusehen war so, als schaute man in den Spiegel. Er kniff die Augen zusammen, er neigte den Kopf zur Seite, er betrachtete alle Einzelheiten von dieser und von der anderen Seite. Er begann, sich über den Mann vor ihm Gedanken zu machen. Wie würde dieser Kerl wohl mit anderen Kleidern aussehen? Wer wäre er, wenn er einen Bart trüge? Oder einen Hut? Und endlich hatte er es.

Octavio setzte sich kerzengerade auf.

Der Kaiser stellte sich vor, jemand anders zu sein, sagte Monsieur.

Octavio runzelte die Stirn. Monsieur fuhr fort.

In seiner Vorstellung hörte der Kaiser auf, die Schultern hängen zu lassen, er straffte sich. Seine Nase ging nach oben, es erschien ein selbstsicheres Lächeln. Er wurde zu einem Mann, der hocherhobenen Kopfes, das Gesicht in der Sonne leuchtend, durch die Straßen gehen konnte. Hier war ein Mann, zu dem die Vögel der Stadt nicht nur sprechen, sondern bei dem sie auch herzlich, liebend gern wohnen würden. Hier war das Porträt eines weisen Mannes.

Und so ging der Kaiser, als ein Anderer, aus dem Haus, ein paar Vögel einzusammeln.

Anfangs wusste er nicht, welche er mit nach Hause nehmen sollte. Er wusste nichts über sie, nicht den Namen, nicht die Herkunft noch ihre Gewohnheiten. Er bewunderte nur ihre Vielfalt, ihr Gefieder – von denen, die er in der Hand halten konnte. Er stellte sich vor, wie sie wohl in seinen Zimmern aussehen würden. Und so suchte er sie aus, einen nach dem anderen.

Jahrelang trug der Kaiser seine Vögel zusammen. Sie nahmen schließlich jedes Eckchen und Winkelchen ein. Ihre Käfige wurden zu seinen Möbeln: hielten seine Fenster offen, stützten sein schiefes Bett, dienten als Tische und Stühle und Regale, in die er noch mehr Käfige stellen konnte. Manche Vögel waren nicht größer als die Eier, aus denen sie geschlüpft waren; mit so leuchtenden Federn, dass einem die Augen wehtaten. Manche waren riesige Viecher, hässlich und braun und stumpf. Ein paar hörten überhaupt nicht auf zu schwatzen, lästig und laut. Es gab dürre Vögel und dicke Vögel und gescheite Vögel und alberne Vögel und Vögel, die überhaupt keinen Laut von sich gaben.

Sprachen die jemals zum Kaiser, Papa?

Nicht so hastig, antwortete Monsieur.

Die Stadt sah zu, wie des Kaisers Sammlung immer größer und unüberschaubarer wurde. Während sie erkannten, dass der Kaiser weise war, denn wer wäre das nicht, mit so vielen Vögeln unter einem Dach?, wussten die Menschen doch auch, dass seine Vögel unruhig werden würden, wie das bei Vögeln früher oder später nun mal passiert. Irgendwann würde er sie freilassen müssen. Trotzdem brachte der Kaiser immer neue Vögel mit nach Haus. Schließlich konnten seine Zimmer keine mehr aufnehmen. Und da geschah es.

Monsieur Stimme verebbte, ein Effekt, den er von seinem Vater gelernt hatte.

Was geschah?, sagte Octavio.

Die Vögel verschwanden, sagte Monsieur. Eines Tages, als der Kaiser unterwegs war, befreiten sich die Vögel selbst. Er kehrte nach Hause zurück und fand seine Zimmer leer vor, jeden Käfig offen, jedes Ästchen unbesetzt. Niemand hatte sie wegfliegen hören. Niemand sah den Himmel verfinstert von einer Wolke aus Flügeln.

Der Kaiser trauerte um den Verlust seiner Vögel. Von ihnen umgeben zu sein war sein größtes Vergnügen gewesen, und nun war diese Freude dahin. Aber schlimmer noch: Er wusste, dass er nicht mehr als weise gelten würde. Die Bürger würden erfahren, dass seine Vögel weggeflogen waren, und würden mit ihren neugierigen Fragen anfangen: Wie konnte ein Mann mit so vielen Vögeln nicht wissen, wie man sie hielt? Der Kaiser würde keine Antworten haben, und sie würden ihn aus der Stadt jagen.

Und jagten sie ihn davon?, fragte Octavio.

Nicht ganz, sagte Monsieur. Weißt du, je mehr sich der Kaiser wegen der Vögel grämte, die er verloren hatte, desto deutlicher sah er sie vor seinem geistigen Auge. So deutlich, als drängten sie sich noch immer in seinen Zimmern. Dann erinnerte er sich an sein Porträt. Wie er sich vorgestellt hatte, der Mann stehe vor ihm. Konnte er so etwas auch mit seinen Erinnerungen machen? Zum Beispiel der Vogel, der über seinem Küchenschrank gewohnt hatte, so ein übelriechendes, ständig Federn verlierendes Vieh. Konnte er dieses Kerlchen sich plötzlich aufplustern sehen, dass es doppelt so groß wurde, und auf und ab hüpfen, sein grünes Brustgefieder sträuben und vor den Weibchen am anderen Ende des Regals balzen? Oder den Vogel mit dem riesengroßen gelben Schnabel, der den ganzen Tag auf der Rückenlehne des Sessels des Kaisers verbracht, nach losen Fäden gepickt und alles eingedreckt hatte. Konnte er ihn sich vorstellen, wie er seinen mächtigen Schnabel hob, ein, zwei Mal hüstelte und dann ein Gedicht vortrug?

Konnte er es, Papa?

Er konnte, und er tat es, sagte Monsieur. Der Kaiser entdeckte, dass es gar kein Vögelchen gab, das irgendwem irgendwas gezwitschert hätte. Ja, er hätte überhaupt gar keine Vögel gebraucht. Die Bilder in seinem Kopf würden ihn weise machen.

Ein guter und einfacher Kaiser, sagte Octavio.

Monsieur hörte auf, um den Küchentisch herumzugehen. Das ist der Grund, warum wir Notre-Dame-Männer unsere Bilder brauchen, sagte er.

Wie deine Zeitungen, Papa?

Der dünnste Bäcker von Paris lächelte. Wir werden sie uns zusammen anschauen. Diesen Sonntag machen wir den Anfang.

Der Feuerwehrhauptmann hatte das alles schon erlebt. Zu viele Versionen von *Ich war nur einen Augenblick weg*. Jemand geht aus der Wohnung, um die Post zu holen, lässt eine Kerze zu dicht neben einer Gardine stehen, und er hat gerade mal die Postkarte aus Arromanches gelesen und sich kurz mit der Concierge gestritten, als auch schon eine lebenslange Gemeinschaft dahin ist. Für den Hauptmann waren die Haustiere immer die größte Tragödie. Hunde, Katzen, Mäuse, Kaninchen, Eidechsen, selbst Fische; über die Jahre hatte er schon einen ganzen Zoo zusammengekehrt. Er erinnert sich an zwei Tauben im Zwölften, aneinandergekuschelt, die Krallen noch immer um ihre Sitzstange gekrampft, nicht mehr als zwei Häufchen Asche. Der Hauptmann wäre lieber in die Ruinen von Pompeji gestolpert als über den Selbstmord einer alten Witwe.

Er dreht den Bäcker wieder zur Treppe. Sie halten besser Sicherheitsabstand, Monsieur, bis die Männer aufgeräumt haben.

Er sieht, wie der Mann ein paar Schritte weit kommt, bevor er am Geländer zusammensackt. Lassen Sie sich Zeit, Monsieur. Es ist ein ziemlicher Schock, ich weiß, aber Sie können eigentlich von Glück reden. Sie hätten auch zu Hause sein können.

Émile Notre-Dame faltete seine Zeitung vorsichtig auseinander, sodass die Titelseite nicht zu sehen war, und glättete den Falz zwischen seinen Fingern. Ein Strecken der Arme, ein Knallen der Zeitung, ein entschlossenes Lecken des Daumens. Er drehte das Blatt herum.

Auf der ganzen Titelseite: Ein Mann in Militäruniform greift sich an die Brust, während er gegen den Rücksitz eines offenen Automobils fällt. Spritzer von roter Tinte beflecken seinen weißen Waffenrock; seine Orden hüpfen, sein Helm sitzt schief. Eine Frau in einem eleganten Kleid und entsprechendem Federhut klammert sich an den fallenden Mann. In ihren Bemühungen, ihren Begleiter zu stützen, verliert auch sie das Gleichgewicht. In ihrem Gesicht liegt ein Ausdruck von Verwunderung. Dicht an dicht entlang der Straße und auf Balkons gedrängt, reißen Zuschauer ungläubig die Augen auf, ihre fassungslosen Mienen und ausgestreckten Zeigefinger von etwas am Bildrand angezogen.

Monsieur folgte den Blicken der Menge.

Ein Mann in dunklem Anzug springt, das Gesicht von der Krempe seines Hutes verdunkelt, aus der Menge hervor. Er schwenkt eine kleine Pistole in Richtung des Paars im Automobil. Die Waffe spuckt eine gelbe Stichflamme und ein weiches Rauchwölkchen aus.

Octavio kam aus der Bäckerei heraus und setzte sich neben seinen Vater. Er begann, eine unerkennbare Melodie zu pfeifen. Nach einem Augenblick seufzte er so laut er konnte auf.

Du hast es versprochen, Papa.

Monsieur, dem plötzlich bewusst wurde, dass er nicht allein war, blickte von seinem Sohn auf die Zeitung und wieder zurück. Das stimmt, sagte er.

Monsieur schaute in den Himmel, kratzte sich am Kopf, fuhr sich mit dem Finger einmal innen um den Kragen herum. Warm heute, sagte er. Octavio nickte bloß, seine eine Augenbraue noch erhobener als sonst.

Das ist kein Anfang, Papa.

Völlig richtig, sagte Monsieur. Manchmal braucht eine Geschichte einen Schubs, um in Gang zu kommen. Aber ich weiß ein Spiel. Ich schätze, jetzt ist für dich die beste Gelegenheit, es zu lernen.

Ich mag Spiele, sagte Octavio.

Monsieur erklärte die Regeln. Als Erstes brauchen wir ein Bild. Ganz gleich, was für eins. Jeder von uns greift sich ein Detail heraus, etwas Kleines und Unwichtiges, und wir beschreiben, was wir sehen. Aber – und das ist das Geheimnis – wir müssen so wenig Worte wie möglich verwenden. Wir wechseln uns ab, hin und her, ein Wort hier, zwei, drei dort. Und im Handumdrehen haben wir eine Geschichte.

Wer fängt an, Papa?

Du.

Monsieur enthüllte die Titelseite der Zeitung, wobei seine Finger diskret einen Mörder verdeckten. Octavio musterte die Abbildung.

Rote Kleckse, sagte er.

Tomatensuppe, sagte sein Vater.

Tropfen.

Ein kleiner Löffel.
Auf einem dicken Bauch.
Einem dicken lachenden Bauch.
Lacht sich scheckig.
Der Soldat fällt um.
Während seine hübsche Frau.
Ihn aufzufangen versucht.
Er ist zu schwer. Die vielen Tomaten.
Sie ist zu dürr. Nicht genug Suppe.
Die Menge schreit hurra.
Was für ein Spektakel.
Leutnant Klecks –
und Madame Hungrig.
Fahren in ihrem Automobil.
Ein Automobilrennen.
Das schnellste auf vier Rädern.
Auf der Suche nach mehr Suppe.
Und einem größeren Löffel.

Am nächsten Tag forderte Monsieur Notre-Dame seinen Sohn auf, die Ladentür aufzuschließen. Die ersten Kunden dieses Morgens hatten schon draußen vor der Bäckerei eine ungeduldige Schlange gebildet. Die kleine Menschenmenge drängte sich an Octavio vorbei, die Tratschtanten darunter überboten sich gegenseitig.

Haben Sie sie gesehen!

Ermordet!

Am helllichten Tage!

Die Österreicher werden sich das nicht bieten lassen!

Die Serben werden dafür bezahlen müssen!

Russland wird mitmischen wollen!

Dann Obacht vor den Deutschen!

Um exakt 9:16 Uhr quetschte sich Monsieur Grenelle in den Bäckerladen. Als Junggeselle, der zwei Stockwerke unter den Notre-Dames wohnte, verbrachte Grenelle seine Tage damit, an Taschen- und anderen Uhren herumzubasteln. Er wählte das Übliche aus – zwei Brioches –, indem er durch seine dicken Brillengläser spähte und einen schwieligen Finger den Glaskasten hinuntergleiten ließ. Octavio ging in Position: dem Finger folgen, die ausgewählten Backstücke nehmen, die Bestellung an seine Mutter weitergeben, die hinter der Kasse wartete. Der Junge schaute durch das Glas auf die ausgebeulten Hosen des Mannes. Grenelles Kopf erschien über ihm, seine Augen durch die Brillengläser zu blinzelnden Ballons vergrößert. Alle nannten ihn Grenelle den Blinden.

Hurtig, junger Mann, sagte er. In die Tüte mit ihnen, bevor der Kaiser reinspaziert.

Grenelle lächelte.

Währenddessen setzte sich die Unterhaltung im Laden in gedämpftem Ton fort. Es sei skandalös, was Zeitungen heutzutage abdruckten, und der Erzherzog und seine Frau, also das sei ohne Frage eine Tragödie, ganz gleich, was man von deren Land hielt, und wenn es zum Krieg käme, tja, dann würde das 8. Arrondissement bereit sein, auch wenn die Politiker es nicht waren, und diese verdammten Boches können uns gern ihre schlimmsten Horden schicken, und bei Gott, sie werden auf unsere Besten treffen, und dann werden die sich ganz schön umgucken.

Monsieurs Bilder waren immer aus Welten außerhalb seiner Reichweite gewesen, Begebenheiten und Leute und Orte, die wenig mit seinem eigentlichen Leben zu tun hatten. Jegliches Unheil, selbst wenn es sich in der Stadt ereignete, schien immer weit weg zu sein. Das Gerede in der Bäckerei erinnerte ihn jetzt nur daran, dass er eigene Sorgen hatte. Sein Sohn wurde ihm mit jedem Tag ähnlicher. Umso mehr, seit der Junge aus der Schule raus war. Und so sehr sie sich bemühen mochte, ihre Stimmungen in den Griff zu bekommen, war seine Frau zu einem Wesen geworden, das er kaum wiedererkannte. Sie brauchten ihn beide, und jetzt war dieser suppenbekleckerte Soldat an seine Tür gekommen. Monsieur wusste, dass seine Kunden recht hatten: Von jedem Mann im 8. Arrondissement würde erwartet werden, dass er seine Pflicht tat. Er sah seine Frau und seinen Sohn an. Aber meine Pflicht ist hier, murmelte er.

Unsere Allerbesten, schrie jemand. Sogar unseren tapferen dünnen Bäcker.

Monsieur Notre-Dame schluckte einen Kloß hinunter.

Wenn Madame la France ruft, sagte er.

Notre-Dame? Wie die Kathedrale?

Monsieur nahm die Feder des Rekrutierungsbeamten und kratzte N-D auf das Blatt, als signierte er ein Landbrot für den Ofen.

Da er seiner Frau die Aufsicht über die Bäckerei anvertraut hatte, kehrte er eilig zum Tortenstück zurück. Aber anstatt, wie ein nunmehr furchtloser Poilu, durch die blaue Tür zu treten, schlich er sich unbemerkt durch den Hintereingang ins Haus.

Grenelle sah von einer widerspenstigen Uhrfeder auf und fragte sich, ob er wirklich ein Klopfen an der Tür gehört hatte. Er bekam selten Besuch, gelegentlich mal einen Nachbarn mit einem zu langsamen Minutenzeiger. An dem Tag erwartete er niemand. Er zögerte, bevor er den Riegel öffnete, nahm die Brille ab und legte sein besseres Auge an den Türspion.

Ich bin mir nicht sicher, ob Madame dem gewachsen ist, sagte Monsieur, nachdem Grenelle ihn hereingelassen hatte. Der Junggeselle spürte das Schamgefühl, das dem Bäcker die Schultern beugte.

Aber sind *Sie* dem gewachsen, Monsieur?

Haben Sie – sich gemeldet?, sagte der Bäcker.

Ich habe es bei der mechanisierten Division versucht. Wunderbare Apparate, diese Motorwagen; fahren praktisch von allein, wie ich höre. Der Rekrutierungsmensch hat einen Blick auf meine Brille geworfen und mich dann aus dem Büro gelacht. Er meinte, sie könnten jemanden nicht gebrauchen, der irgendwo falsch abbiegt und im Ärmelkanal landet.

Grenelle rang sich ein Lächeln ab, Monsieur schaute nur auf seine Füße.

Ich weiß nicht, wie ich das von Ihnen verlangen kann.

Natürlich können Sie auf mich zählen, sagte Grenelle. Es wird mir eine Ehre sein, einem Mann zu dienen, der auf dem Feld ist.

Aber ich habe Sie doch gar nichts gefragt.

Nun, jetzt wo Sie die Antwort wissen, dürfte Ihnen die Frage nicht mehr schwerfallen.

Werden Sie ein Auge auf alles haben – auf meine Frau und meinen Jungen? Ich mache mir weniger Sorgen, wenn ich weiß, dass ein Freund auf sie aufpasst. Ich werde so schnell ich kann wieder heimkommen.

Wie schon gesagt, eine Ehre. Aber selbst eine Ehre hat ihren Preis, mein Freund.

Ich verstehe nicht.

Mit einer extra Brioche dürften wir hinkommen, sagte Grenelle. Zusätzlich zu meiner gewohnten Bestellung. Gratis natürlich. Dafür können Sie so lange wegbleiben, bis man Sie zum General befördert.

Am Morgen, an dem sein Regiment ausrücken sollte, zurrte Monsieur den Gürtel seiner Uniformhose am letzten Loch fest, kämpfte sich in seinen Infanteristenrock, zupfte seine Erkennungsmarke Nummer 6694 gerade und stieg hinunter in die Bäckerei. Er salutierte und gab allgemein bekannt, dass ihr – frisch geschrubbter und blank polierter – treuer Notre-Dame nicht lange fort sein würde. Während er zwischen seinen Kunden entlangging, Hände schüttelte und Wangen küsste, sah er seinen Sohn, seinerseits stramm salutierend, an der Tür stehen. Monsieur packte den Jungen an den Ellbogen. Nach zwei, drei ächzenden Versuchen stemmte er seinen Sohn auf seine Schultern.

Keine Bange, sagte Monsieur. Wir haben die Bilder in unserer Zeitung gesehen, oder? Es rücken so viele von uns aus, dass die Züge voll sind, wie an einem richtigen Feiertag im August. Die Armee hat sogar Motordroschken angemietet, um uns alle an die Front chauffieren zu lassen. Also heißt es ab zu einer Spritzfahrt ins Grüne, den lästigen Nachbarn hallo sagen, und im Handumdrehen wieder zurück, mit einer deutschen Gans unterm Mantel. Endlich der dickste Bäcker von Paris.

Monsieur ließ seinen Sohn auf den Fußboden hinunter. Er wischte mit dem Ärmel über den Verkaufstisch, rieb einen Fleck von seinem Stiefel und umarmte seine Frau lang genug, um ihr etwas Röte in die Wangen zu treiben. Madame grub ihre Finger in den groben Stoff seines Rocks, tastete nach seinen knochigen Schultern. Sie flüsterte ihm ins Ohr.

Ich bin jetzt verloren. Komm zurück und finde mich.

Sie wusste, dass sie keine Briefe von ihrem Mann bekommen würde.

Mit zwei Paar dünnen Beinen, völlig aus dem Takt, marschierten Vater und Sohn in eine glühende Sommersonne. Grenelle der Blinde stand draußen auf dem Kopfsteinpflaster. Als die Notre-Dames vorüberzogen, verneigte er sich, einen Finger seitlich an die Nase gelegt.

Monsieur drehte sich um und begann, rückwärts zu marschieren, die Arme hin und her schwenkend, als dirigiere er ein Orchester.

Nur eine Frage von Zahlen und Beinen, rief er. Die Füße immer in Bewegung halten, eins zwo eins zwo. Die tragen einen überallhin, links rechts links rechts. Über den Rhein, drei vier drei vier. Und mit dem Weihnachtsbraten zurück, links rechts links rechts.

Ein Herr auf einer Caféterrasse winkt dem Kellner zu und wirft dann seine zerfledderte Zeitung auf die Straße. Während er sein Geld auf das Tablett fallen lässt, bemerkt der Mann die junge Frau nicht, die im Vorbeihasten über die ausrangierte Zeitung steigt.

In einer kleinen Grünanlage zieht sich eine Schlange von Kindern über den Weg, die aufgeregt darauf warten, dass das Karussell aufmacht. Während die junge Frau die Schlange durchquert, hört sie eines der Kinder von einem Zirkusmenschen reden. Mit *einer* Hand!, quietscht das kleine Mädchen, und ihre Freundinnen lachen sprudelnd los.

Nicht weit davon entfernt lesen zwei Frauen auf einer Parkbank je ein Exemplar desselben Buches. Eine klappt plötzlich das ihre zu und tippt ihre Freundin an. Hatte ich's dir nicht gesagt? Ich wusste, dass er es gewesen war. Gleich auf der ersten Seite hab ich's gewusst.

Die beiden schauen auf und sehen die junge Frau vorübereilen. Sie wenden sich wieder ihrer Lektüre zu.

Noch einen Häuserblock, und die junge Frau bleibt stehen, um wieder zu Atem zu kommen. Sie wartet auf eine Lücke im Gedränge von Fahrzeugen, die um das Rondell kreisen.

Auf dem Pont des Arts war trotz der sich wie ein Lauffeuer verbreitenden Gerüchte aus dem Ausland genauso viel los wie sonst. Heerscharen von Menschen strömten über die Eisenkonstruktion, als seien sie Teil eines Perpetuum mobile. Ihr einziges Ziel: das eine oder das andere Ende der Brücke; ihre einzige Sorge: sie könnten beim Richtungswechsel über ihre eigenen Füße stolpern.

Henri Fournier kehrte dem Menschenstrom den Rücken zu und lehnte sich an das Geländer. Er schmatzte mit etwas Spucke. Neben ihm lungernd: sein Freund Mabillon, ebenfalls ein Sohn des Gewerbes.

Vater meint, der Krieg wird in einem Monat vorbei sein, sagte Mabillon.

Henri zielte auf einen vorüberziehenden Frachtkahn. Er spuckte und wischte sich dann über das Kinn.

Was weiß dein Vater schon? Er ist Buchhändler.

Die Spucke ging im aufgewühlten Kielwasser des Kahns unter. Mabillon betrachtete eine Wolke, die oben vorüberzog.

Was ist daran auszusetzen, Buchhändler zu sein? Dein Vater ist einer, meiner ist einer. Du wirst einer werden, ich werd einer werden. So ist das Leben.

Henri sah hinüber zu den Bücherständen, die die Uferstraße

säumten. Er machte seinen Vater aus, der, selbst aus der Entfernung dick, von einem Kreis von Schmökernden umgeben war und mit den Händen gestikulierte.

Buchhändler, sagte er. Ich hoffe nicht. Bringt nichts ein.

Er lehnte sich mit dem Rücken gegen das Geländer und wandte sich seinem Freund zu.

Und, wirst du dich melden?

Mabillon sah flussaufwärts zu der Kathedrale. Ein tief liegender Touristendampfer entließ Rauchkringel aus seinem Schornstein. Das Boot war vollgestopft mit Menschen, die Hüte festhielten, Finger ausstreckten, Reiseführer konsultierten.

Kaum, sagte Mabillon. Zu klein. Ein paar Zentimeter größer, und ich könnte für achtzehn durchgehen. Du?

Henri drückte seine Brille in sein Gesicht.

Kaum, sagte er. Schlechte Augen.

Ein Mann in einem abgewetzten Pullover und mit Halbfingerhandschuhen trat aus der vorbeiströmenden Menge und blieb vor dem gegenüberliegenden Geländer stehen. Dann ließ der – hochgewachsene und krankhaft bleiche – Mann die Reisetasche, die er getragen hatte, fallen. Er zog ein Bündel Stäbe heraus. Mit wirbelnden Armen entfaltete er eine Staffelei, breitete ihre Beine aus und stupste sie in Position. Eine kleine Leinwand tauchte aus der Tasche auf. Ein Farbkasten, ein Glas voll Wasser und eine Handvoll Pinsel folgten. Der Mann platzierte die Leinwand auf die Staffelei, trat zurück und blickte in die Ferne. Nach einem Moment wählte er einen Pinsel und führte ein paar vorsichtige Striche aus.

August ist kein Monat für Handschuhe, dachte Henri. Er fragte sich, wie das Glas aus der Tasche gekommen war, ohne dass ein Tropfen danebenging.

Vater sagt, die Deutschen können nicht schwimmen, sagte Mabillon. Die werden ihr blaues Wunder erleben, wenn sie versuchen, den Rhein zu überqueren.

Während der Maler die Umrisse der Gebäude entlang der Uferstraße hinzufügte, tuckerte der Touristendampfer auf die Brücke zu. Mabillon lehnte sich neben seinem Freund gegen das Geländer. Sie schauten zu, wie der Maler einen Himmel aufbaute: Schichten von Grau über Blau über Grau. Wässerige Schlieren zogen sich abwärts über die Leinwand.

Mabillon drehte sich um und beobachtete den Dampfer, der sich der Brücke näherte.

Henri sah die grünlichen Quadrate von Bücherständen, von Baum-Klecksen beschattet, auf der Leinwand erscheinen.

Mabillon füllte seinen Mund mit Spucke.

Henri drehte sich um, stützte die Arme auf das Geländer und das Kinn auf die Hände. Was weiß dein Vater schon, sagte er.

Mabillon schnellte seinen Körper gegen das Geländer. Ein weißer Klecks beschrieb einen Bogen über dem Fluss und zerfiel in der Brise. Henri zuckte mit den Schultern und legte die Stirn auf die Hände. Durch die Lücken zwischen den Pfählen der Brücke sah er den Dampfer unversehrt unter seinen Füßen vorüberziehen.

Neben dem Rondell klappt eine Frau einen Hocker zusammen, während ein Junge eine Reihe von angeschlagenen Teekannen in einen Koffer packt. Er legt ein handgeschriebenes Schildchen, *5 centimes, danke,* dazu und schließt den Koffer. Es entsteht eine Pause im Verkehr, und die junge Frau tritt auf die Straße.

Als sie an einer Kirche vorbeikommt, bemerkt sie einen gebeugten alten Mann, der auf der Außentreppe sitzt. In seinem Schoß liegt eine Bibel, ein knotiger Finger steckt zwischen den Seiten. An seinen rotgeränderten Augen erkennt sie, dass der Mann geweint hat. Die Kehle schnürt sich ihr zu. Sie erinnert sich, dass sie sich früher selbst vorgelesen und dass es die Einsamkeit in Schach gehalten hat.

Er heilt, die zerbrochenen Herzens sind, und verbindet ihre Wunden.

Aber die Zeit drängt. Sie kann nicht stehenbleiben.

Reihe um Reihe von Soldaten, ungelenk in ihren steifen Uniformen und durch die gelegentlichen Doppelsprünge, mit denen sie sich bemühten, im Gleichschritt zu bleiben, marschierte die Boulevards entlang. Eine eindrucksvolle Schau, tägliche Darbietungen, jede muntere Parade auf dem Weg zu den Zügen und Taxen, die sie abtransportieren würden. Trikoloren, die erst einen Monat zuvor eingepackt worden waren, wurden entfaltet und wieder an Geländern aufgehängt, auf Schultern gehobene Kinder erschreckten die Pferde der Kavallerieregimenter, junge Frauen überreichten vorüberziehenden Geliebten Blumen. Alte Männer stützten sich auf ihre Stöcke, ausdruckslose Augen verrieten dunkle Erinnerungen.

August 1914: Die Stadt schien sich zu entleeren; die Boulevards verstummten endlich. Als ob sie warteten.

Madame Notre-Dame stand vor den Backöfen, die Arme vor einer mehligen Schürze verschränkt, und ihre Augen folgten dem Dampf, der ringsum an den Ofentüren entwich. Der erste Schwung Baguettes war im Ofen. Sie atmete heftig, ungeduldig auf den Duft, der ihr so vertraut sein würde wie ihr eigener Geruch, jene Aromen von Frischgebackenem, nach denen Émile immer roch, selbst noch abends beim Zubettgehen. Die zunehmende Hitze in der Backstube wurde erdrückend, die Luft zu schwer zum Atmen. Madame taumelte gegen den Marmortisch, fing sich wieder.

Die vergangenen Tage lasteten auf ihr. Sie hatte zugeschaut, wie ihr Mann und ihr Sohn aus dem Bäckerladen hinausmarschiert waren. Sie hatte den unbändigen Wunsch verspürt, ihnen nachzulaufen, ihren Sohn bei der Hand zu nehmen und ihn zurückzuhalten, ihn aufzufordern, so tapfer wie sein Vater zu sein. Stell dir vor, wie du diese Gans essen wirst, hätte sie gesagt. Aber es war Madame Lafrouche gewesen, die Octavio eingeholt hatte.

Sie hatte die vergangene Nacht damit zugebracht, jedes Rezept aufzuschreiben, an das sie sich erinnern konnte. Die Sauerteigbrote, die Croissants, die Kräuterbrioches. Sie überprüfte mehrmals die Vorräte: die Kästen Mehl, die Anzahl Eier, wie viel Vorteig noch übrig war. Sie mischte zwei Haufen Baguetteteig, bevor sie das Gefühl hatte, dass ihr Émile mit den Mengen einverstanden sein würde. Sie ließ eine dritte Portion ruhen und ging nach oben, weckte Octavio und sagte ihm, er solle im Laden auf sie warten. Jetzt völlig erschöpft, begriff sie, dass sie die Bäckerei unmöglich allein in Betrieb halten konnte.

Eine geduckte Gestalt, schwarz gegen das Licht der Frühe, tauchte vor dem Kellerfenster auf. Grenelle der Blinde klopfte an die Scheibe und brüllte. Er sagte, er melde sich zum Dienst, wie angeordnet.

Im Laden war Octavio hinter dem Verkaufstisch wieder eingeschlafen. Während Madame den Jungen anstupste, sah sie zu Grenelle auf und fragte ihn, warum in aller Welt er um diese Uhrzeit im Laden stand. Hatte er in all dem Kriegsirrsinn sein Zeitgefühl verloren? Und wer genau hatte die Anordnung gegeben?

Grenelle dachte schnell.

Niemand – nicht einmal Sie, Madame – kann das ganze Brot backen und dann hinaufgehen und es verkaufen – was nicht heißen soll, Sie seien schwach oder gebrechlich – genau das Gegenteil sogar, Madame – aber wäre es nicht einfacher – wenn Sie diesbezüglich etwas Hilfe hätten – nicht beim Backen natürlich – beim Verkaufen, meine ich – wie schwer kann es schließlich sein – jemandem Geld abzunehmen und ihm ein Brot zu geben – womit ich nicht unterstellen möchte, Ihre Arbeit im Laden sei jemals leicht gewesen – ich meinte nur, dass Sie und Émile ein so eingespieltes Gespann waren – und es wäre ein Jammer, wenn die Dinge in seiner Abwesenheit den Bach runtergingen – ich will damit sagen – dass jemand – mit ein bisschen Ahnung vom Betriebsablauf – der die meisten Kunden kennt – sogar mit der Ein-Franc-Taste zurechtkäme – hier oben helfen könnte – auf den Jungen aufpassen, Sie verstehen – die wichtige Arbeit einer Fachkraft überlassen – wie zum Beispiel Ihnen, Madame – und haben Sie übrigens schon gehört – die Regierung verbietet Croissants – hängt irgendwie mit der Butterversorgung der Stadt zusammen – aber natürlich wissen Sie bestimmt schon davon –

Er schloss mit einem Gähnen. Ich bitte um Vergebung, Madame. Es ist sehr früh.

Es war mein Mann, stimmt's.

Er hat es nur gut gemeint, Madame.

Madame wischte mit der Hand über ihre Schürze. Daran zweifle ich nicht. Dann sei es so. Wir werden leichter zu beaufsichtigen sein, wenn Sie hier sind. Ich nehme an, Sie haben noch nie ein richtiges Brot gemacht?

So ist es, Madame.

Dann können Sie sich um den Laden kümmern. Zum Glück hat mein Junge einen Kopf für Zahlen, er wird Ihnen helfen, sich einzugewöhnen. Einstweilen werde ich es Ihnen danken, wenn Sie meinem Keller fernbleiben.

Grenelle legte den Arm um Octavios Schultern. Die beiden nahmen Haltung an.

Wir werden Sie nicht enttäuschen, sagte Grenelle.

Madame dankte ihm für die Information über die Croissants.

Eine Sorge weniger, sagte sie.

Die Kundschaft nahm Grenelles Lehrzeit mit Nachsicht hin, verzieh ihm, wenn er durcheinanderbrachte, wer das Sauerteigbrot verlangt hatte, und wie viele Roggenbrote – ich versichere Ihnen, Mademoiselle, sie müssen jeden Augenblick fertig sein – aus dem Ofen kommen würden. Einige von den Stammkunden stöhnten wegen der Wartezeit oder der falschen Preise, oder des vergessenen Wechselgelds, aber dann sprang Octavio immer ein und flüsterte Grenelle ins Ohr:

Achten Sie nicht auf die, Monsieur, die haben immer was zu meckern.

In der Nähe der Métro bleibt die junge Frau kurz stehen, als ein Mann, vielleicht ihres Alters, aus heiterem Himmel auftaucht und eine Freundin begrüßt. Er zögert, dann beugt er sich vor und küsst sie auf beide Wangen. Sie wirkt unsicher in ihren neuen Schuhen; sie nestelt nervös an ihrem Haar. Das Gesicht des Mannes glänzt von Schweiß. An seinen zu kurzen Hosenbeinen zupfend, übergibt er ihr einen Strauß von schwächelnden Blumen. Sie nimmt ihn mit einem Lächeln an. Die junge Frau wendet sich ab und geht weiter.

Mehr als vier Jahre der Gerüchte und Mutmaßungen, atemlosen Schlagzeilen und zusammenfantasierten Illustrationen, Halbwahrheiten und ganzen Lügen flossen um die Boulangerie Notre-Dame. Dieses Meer von Krieg plätscherte gegen die Türstufe der Bäckerei oder bäumte sich zu schwarzen Wänden auf, die drohten, alle darin Befindlichen zu verschlingen. Doch stets um sich zurückzuziehen, Bröckchen von Hörensagen und Tatsächlichem zurückzulassen, angeweht von einem fernen Sturm.

Was Madame von diesen Jahren in Erinnerung behalten würde – zumindest hofften andere, dass es so wäre –, war die Relegalisierung der Croissantherstellung. Sie begann schließlich ihre eigene Version davon zu produzieren, eine anmutige Balance von Teig und Butter, und niemand hätte es ihr übelgenommen, wenn sie sich damit – sollte er jemals heimkehren – vor ihrem Ehemann gebrüstet hätte.

Möglicherweise würde sie sich auch an die Abende erinnern, an denen sie ihrem Sohn half, den wachsenden Stapel von Zeitungen zu ordnen, die er für seinen Vater sammelte, oder an den Sonntag, an dem Octavio Grenelle dem Blinden das Geschichtenspiel beibrachte. Es war das erste Weihnachten im Krieg. Die beiden setzten sich auf die Türstufe und stellten, vor Kälte bibbernd, die Szene aus der Zeitung nach: ein Grüppchen von Soldaten zusammengedrängt in einem Schützengraben. Sie waren eine lustige Bande, die Poilus auf der Titelseite, ein paar von ihnen sangen, ein Bursche behaglich mit Pfeife und einem dampfenden Becher, zwei tanzten, wie es aussah, einen Jig.

Oder sie erinnerte sich vielleicht daran, wie sich der Knoten in ihrem Magen löste, als sie sich ihren Émile in Wärme und Geborgenheit vorstellte, wie in der Szene in der Zeitung; oder wie sie unter dem Dach des Tortenstücks Wache hielt, während ihr Sohn und Grenelle mit eingehakten Armen unten auf dem Kopfsteinpflaster im Kreis wirbelten.

Was Madame Lafrouche in Erinnerung behalten würde, war 1916. Soldaten, die auf Urlaub nach Paris zurückkehrten, aber nicht ihr Alphonse. Leere Männer, in Hauseingängen zusammengesackt, gebrochene Männer, die sich mit ungewohnten Krücken abkämpften. Aber von Alphonse keine Spur. Der Briefträger, der in dem Sommer an ihre Haustür klopfte; wie er seine Mütze abnahm und sich den Schweiß von der Stirn wischte, während er ihr das Telegramm aushändigte. Das Wort, das seit dem Winter bedrohlich über dem 8. Arrondissement geschwebt hatte: *Verdun.* Dann die Angaben, wo Madame die letzte Ruhestätte ihres Mannes würde finden können, wenn erst die Kampfhandlungen weitergezogen wären und die Heeresleitung damit die Möglichkeit gefunden hätte, geeignete Gedenkstätten einzurichten. Sie würde sich an die Dunkelheit dieses Sommers erinnern und an die wahnwitzige Hoffnung, die Heeresleitung habe sich geirrt. Vor allen Dingen würde sie sich an den Schmerz in Madame Notre-Dames Augen erinnern, an ihre Angst, ihrem Mann sei ein ähnliches Schicksal widerfahren, und an Grenelles leise Trostworte an die Bäckersfrau. Keine Nachrichten sind gute Nachrichten, hatte er geflüstert.

Grenelle der Blinde würde den Frühling 1918 in Erinnerung behalten. Das Brot zuletzt doch rationiert. Die Klagen der Menschen, die den ganzen Tag lang für magere Zuteilungen Schlange standen; eine solche Entbehrung bedeutete den langsamen, aber sicheren seelischen Tod des Landes. Er würde sich an das leise Dröhnen schwerer Geschütze außerhalb der Stadt erinnern, an die erstickten Stimmen der Leute, wenn sie davon sprachen, dass der Feind seine Truppen an den Randbezirken konzentrierte, an die Geschichte, die er sich ausdachte, um Octavio abzulenken, als Nachrichten von Bombeneinschlägen in der Stadt die Runde im Laden machten. Hör nicht darauf, schärfte er dem Jungen ein. Das ist unsere Armee, nicht die von denen. Unsere Jungs schießen Feuerwerksraketen ab als Übung für nach dem Sieg. Stell dir nur vor, wie wir feiern werden, wenn dein Vater durch diese Tür marschiert kommt.

Octavio würde sich an seinen zehnten Geburtstag erinnern, im August 1918, und daran, dass seine Mutter ihn um eine Geschichte gebeten hatte. Irgendwas aus deinem Buch, sagte sie. Er rannte die Wendeltreppe hinauf auf den Dachboden und kehrte mit *Tausendundeine Nacht* zurück, schlug das Buch an der Stelle mit dem Bild von einem Mann mit Turban und eleganten Gewändern auf, der auf einem fliegenden Pferd ritt. Er konnte nicht dieselbe Geschichte erzählen, die er und sein Vater sich gegenseitig erzählt hatten. Er wollte seiner Mutter etwas Besonderes bieten, sie hatte noch nie zuvor um eine Geschichte gebeten. Das ist eins von Papas Pferden, sagte er, wohl wissend, was sie darauf erwidern würde. Aber dein Vater hat doch gar keine Pferde, sagte sie. Hält er sie versteckt, vielleicht irgendwo im Keller? Octavio gluckste. Das wäre dämlich, sagte er. Nein, Maman, dieses Pferd ist einer der Könige, die den Wagen zogen, der Papas Marmor hierher transportierte. Ach so, sagte sie mit gespieltem Erstaunen. Und wer ist der Bursche, der auf diesem Louis reitet?

Octavio würde sich an seine Antwort erinnern. Das ist Papa. Wie er über den Krieg weg fliegt, auf dem Weg nach Haus.

Was das für ein Geburtstagsgeschenk wäre!, sagte Madame.

Und dann der November, das Ende. Seit Wochen waren Gerüchte in Umlauf gewesen. Die Stadt vibrierte davon, täglich, fast stündlich.

Madame saß in der Backstube, die Arme weiß bemehlt, ihr Gesicht in der Hitze glühend, während ihr Rücken die erste Frostkälte des Winters spürte, die durch die alten Steinmauern drang, die von den Ofentüren am weitesten entfernt waren. In dieser stillen Stunde nach dem ersten Kundenansturm des Tages versuchte sie sich an Émiles Gesicht zu erinnern, wie sie es jeden Morgen, seit er an jenem Nachmittag vier Jahre zuvor um die Ecke gebogen war, getan hatte. An das alberne Lächeln, mit dem er rückwärts marschiert und schließlich verschwunden war. Das Bild war mittlerweile verschwommen, jetzt mehr ein Flackern als etwas, das sie hätte greifen und festhalten können. Neuerdings hatte sie angefangen, sich in Panikanfälle hineinzusteigern, indem sie sich ein Geschoss vorstellte, das dumpf in die Brust ihres Mannes einschlug, oder einen Tisch, an dem ein Arzt verzweifelt versuchte, seine Blutung zu stoppen, oder ihn selbst, wie er ganz allein eine Landstraße entlangstolperte, die zu beiden Seiten von zerschossenen Bäumen gesäumt war.

Und da hörte sie die Glocken von Saint-Augustin.

An einem Montag?, dachte Madame.

Als Nächstes waren Laufschritte zu hören, draußen auf der Straße vor dem Kellerfenster. Es ertönten gedämpfte Rufe. Sie verstand nicht, was sie sagten. Sie meinte, Gesang zu hören. Über ihrem Kopf begannen die Dielen des Ladens lauter als sonst zu knarren. Dort oben war irgendetwas los.

Als sie zur Treppe ging, erschien auf dem oberen Absatz Octavios Gesicht.

Komm schnell, Maman. Es stimmt alles. Der Krieg ist vorbei. Papa kommt heim.

Es ging auf Mittag zu, als sich Madame Notre-Dame durch betrunkene, tanzende Straßen zum Kriegsministerium drängte.

Sie stand in einer langen Schlange von Frauen. Als sie den Schalter erreichte, teilte Madame einem kleinen Mann mit, dass sie seit Kriegsbeginn nichts von ihrem Émile gehört hatte. Der Beamte schob seine Weinbrandflasche beiseite, stellte ein paar Fragen, kritzelte etwas in ein großes Buch, klagte über die Ungerechtigkeit, dass es Zehntausende solcher Fälle gebe und nur eine Handvoll Beamten, die sie aufklären sollten. Er wies Madame darauf hin, Geduld und Feiern seien das Gebot der Stunde; man werde der Sache nachgehen. Ob sie nicht bis dahin mit ihm auf den Frieden anstoßen möchte?

Tag für Tag schloss Madame in den ruhigen Stunden nach der Mittagszeit die Bäckerei ab und kehrte zum Kriegsministerium zurück. Die Schlange draußen, die Hunderte von Ehefrauen und Freundinnen und Müttern und Kindern, die sich hoffnungsvoll aneinanderdrängten, wurde nur immer länger.

Die junge Frau biegt um eine Ecke und stößt mit einer Lumpensammlerin zusammen; die drei Hüte der alten Frau purzeln in den Rinnstein. Ihr Karren quillt über von Kleidern. Die junge Frau entschuldigt sich und bückt sich nach den Hüten, die keinen erkennbaren Schaden genommen haben.

Es besteht kein Grund zur Eile, Mademoiselle, sagt die Alte. Ihre Stimme wird weicher. Wozu Sie sich auch gerade verspäten, meine Liebe, es wird, wenn Sie ankommen, immer noch da sein.

Der Brief kam Monate später, die Absenderadresse ein Krankenhaus in der Nähe von Amiens.

– Ihr Mann befindet sich in unserer Obhut. Er wurde vor rund zwei Jahren, halb verhungert, in den Ruinen eines Dorfes unweit von hier aufgefunden. Wie es ihm gelungen war, im Keller einer zerbombten Bäckerei zu überleben, werden wir niemals wissen. Als er zu uns gebracht wurde, sprach er kaum ein Wort. Als wir ihn baten, seinen Namen aufzuschreiben, schien er uns nicht zu hören. Eine Zeit lang nahmen wir an, er sei möglicherweise ertaubt – durch den Lärm der Granaten, Sie verstehen. Die Nummer auf seiner Erkennungsmarke war unsere einzige Möglichkeit, seine Identität und Herkunft zu ermitteln. Wir sandten Briefe über Briefe an das Kriegsministerium mit der Bitte um Identifizierung unserer tapferen Nummer 6694. Stellen Sie sich nur unsere Freude vor, als wir endlich seinen Namen erfuhren. Seien Sie beruhigt, Madame: Ihr Mann ist gesund und unversehrt, wenn auch immer noch sehr mager. Er hat seine Stimme wiedergewonnen, und er erzählt uns die bemerkenswertesten Geschichten. Noch mehr freut es uns, Ihnen mitteilen zu können, dass er Ihnen in Kürze per Bahn rückerstattet werden wird. Wir werden unseren Émile Notre-Dame, Hauptgefreiten der Infanterie, vermissen. Er ist ein äußerst kooperativer Patient gewesen und hat während dieser entsetzlichen Jahre unsere Bürde erleichtert.

Der Bahnsteig war überfüllt von Soldaten, die in ungeordneter Formation, die Gesichter unrasiert, schmutzig, vorzeitig gealtert, heranschlurften. Madame hielt den Brief fest in der Hand und starrte forschend in jedes ausdruckslose Gesicht, während die Männer in einer Doppelreihe, die sich um sie teilte, vorübermarschierten. Émile war nicht dabei. Als sie begriff, dass sie allein auf dem Bahnsteig war, geriet sie in Panik, mit zitternden Händen faltete sie den Brief auseinander und las zum hundertsten Mal, was das Krankenhaus über den Zug aus Amiens geschrieben hatte.

Madame sah ihn aus dem Augenwinkel. Monsieur Notre-Dame stand unter der Bahnhofsuhr, fingerte am letzten verbliebenen Knopf seines Waffenrocks. Hätte sie sich nicht umgedreht, wäre sie achtlos an ihm vorbeigegangen: eine weitere schmutzige Uniform in einem dreckigen Ozean, der sich aus den Zügen ergoss. Sein Gesicht war weiß wie Watte geworden, seine Augen eingefallen; graue Strähnen durchzogen sein wirres Haar. Die Hose schlotterte an ihm herab, als sei er ein Junge, der zum Spaß seines Vaters Sachen angezogen hatte. Eine Nadel hielt einen bedruckten quadratischen Zettel – *Paris 8ᵉ* – an seiner Brust.

Madame stellte sich vor ihren Mann hin, ihre Augen suchten nach den seinen. Sie streckte die Hand nach seinem Gesicht aus.

Monsieur ließ den Knopf los und sah auf. Ein langsames Lächeln erschien.

Entschuldigen Sie, Mademoiselle, sagte er. Ich hatte nach jemandem Ausschau gehalten.

Du hast nach mir Ausschau gehalten, sagte Madame.

Das Grau in seinen Augen leuchtete auf. Dann müssen Sie Madame la France sein. Ihr Diener, Madame.

Mühsam verbeugte er sich aus der Hüfte.

Octavio sah einen Mann, der wie sein Vater aussah, in einen Sessel sacken. Er begriff es nicht. Er versuchte, eine Geschichte anzufangen. Heimkommen, sagte er. Sein Vater reagierte nicht. Er spürte, dass sein Gesicht heiß wurde. Ohne es zu wollen, zog er am Ärmel seines Vaters.

Aber Papa. Das ist falsch! Heimkommen! Mit einer Gans unter deinem Mantel, hast du gesagt. Du würdest der dickste Bäcker von Paris sein! Du bist überhaupt nicht dick. Wo sind deine Orden? Es wäre nur eine Frage von Zahlen und Beinen, hast du gesagt. Einszweidreivier. Ich hab deine Zeitungen aufgehoben, und ich bin brav gewesen! Ich hab Maman geholfen. Das ist nicht gerecht, Papa!

Octavio spürte, dass sich seine Augen mit Tränen füllten. Du hast es versprochen, Papa. Du hast uns eine Weihnachtsgans versprochen.

Madame ergriff die Hände ihres Jungen. Geh Grenelle holen, sagte sie.

Grenelle putzte seine Brille und wartete darauf, dass seine Augen sich auf das schummrige Licht im Laden einstellten.

Octavio wischte sich die laufende Nase am Ärmel ab. Maman hat alles versucht, sagte er. Papa will nicht essen. Ich hab ihm eine seiner Zeitungen gebracht. Die hat ihn auch nicht interessiert. Ich glaube, wir brauchen Hilfe, Grenelle.

Monsieur war dort eingeschlafen, wo er saß, die Uniform mit Krümeln bedeckt. Auf seinem Schoß lag eine Zeitung. Grenelle bat Octavio, die Vorhänge zu öffnen, und fragte dann, wo seine Mutter sei.

Octavio ging von Fenster zu Fenster. Oben, sagte er.

Sonnenlicht ergoss sich in den Laden und rüttelte den schlafenden Bäcker wach. Monsieur setzte sich ruckartig auf, das ausgemergelte Gesicht vor Angst verzerrt.

Willkommen zu Hause, mein Freund, sagte Grenelle. Würden Sie sich oben nicht wohler fühlen?

Monsieurs Augen schossen hin und her, als könnte er nichts sehen.

Im Keller sicherer, sagte er, und eine Hand wühlte in der Hosentasche nach einer Uhr, die er, wie Grenelle wusste, schon vor langem verloren hatte.

Monsieur sah nach draußen. Jeden Moment. Fangen die Geschütze an. Wenn wir hier bleiben, sind wir tote Männer.

Grenelle wandte sich zu Octavio. Wir brauchen eine Decke und etwas für seinen Kopf, sagte er.

Im Keller richtete Grenelle auf dem Tisch vor den Öfen ein Bett her. Octavio wischte ein paar Brocken harten Teigs und Mehlstaub weg. Ich bin auf diesem Tisch geboren, sagte er.

Wenn er also gut für Bébés ist, sagte Grenelle, dann ist er auch gut für deren Väter.

Dem Bäcker auf die Beine zu helfen machte kaum Mühe. Jetzt auf jeden Fall der dünnste, dachte Grenelle, während er den Mann die enge Kellertreppe hinunterführte. Monsieur rollte sich auf dem Marmortisch zusammen. Octavio zog seinem Vater die Decke über die Schulter.

Grenelle verließ das Tortenstück und kehrte keine Stunde später zurück, in einer Netztasche einen Käselaib, eine Dose Ölsardinen und ein bisschen Obst. Mittagessen für uns vier, sagte er. Er fragte, ob Madame schon heruntergekommen sei.

Octavio ging nach hinten ins Treppenhaus, stellte sich auf die unterste Stufe und rief, nach dem Scharren von Stuhlbeinen, dem Schlurfen von Füßen lauschend. Es kam nichts. Er kehrte in die Bäckerei zurück. Sie muss sehr müde sein, sagte er.

Wir werden die Bäckerei fürs Erste geschlossen lassen, sagte Grenelle. Alle sind müde.

In dieser Nacht lag Octavio unter dem Tisch und seinem schnarchenden Vater, während das Tortenstück über ihnen knarrte und ächzte. Immer wieder aus dem Schlaf erwachend, meinte er, Schritte auf der Treppe zu hören. Dann erschien Unsere Liebe Frau höchstpersönlich, ein Tablett voll mit Pains au Chocolat in den leuchtenden Händen. Octavio drehte sich um. Während Maria die Arme ausbreitete und lächelte, verblasste der Traum.

Grenelle der Blinde saß in der Ecke eines der Schaufenster. Knie bis ans Kinn hochgezogen, den Kopf auf den Armen, kämpfte er gegen die Erschöpfung an, die seinen Kopf vernebelte. Er wollte wach bleiben; es würde schon bald hell werden. Er legte sich verschiedene Ausflüchte und Entschuldigungen zurecht, die er mit ruhiger Stimme vortragen würde, wenn er den Kopf durch die blaue Tür steckte und die ersten Kunden des Tages begrüßte. Ich weiß, wie gern wir zur Normalität zurückkehren würden, würde er sagen, und Madame hat mich gebeten, Ihnen allen für Ihre Anteilnahme zu danken. Unser Bäcker hat eine ziemliche Odyssee hinter sich. Es gibt viel aufzuholen. Wir werden die drei einfach ein, zwei Tage in Ruhe lassen, einverstanden? Dass sie sich wieder aneinander gewöhnen. Sie verstehen das sicher.

Am Mittag des nächsten Tages war Madame noch immer nicht in den Laden heruntergekommen. Grenelle trug Octavio auf, ein Auge auf seinen Vater zu haben. Ich gehe rauf, ein paar Dinge aus meiner Wohnung holen, sagte er. Bin sofort wieder da.

Grenelle erreichte den obersten Treppenabsatz. Die Tür zur Notre-Dame'schen Wohnung stand offen. Er rief nach Madame. Er konnte etwas aus dem Schlafzimmer hören. Er trat ein und rief noch einmal.

Madame saß auf der Bettkante und starrte ins Leere. Als er ihre geschwollenen Augen und geröteten Wangen sah, war Grenelles erster Gedanke, dass sie seit dem gestrigen Tag nicht aufgehört hatte zu weinen. Vor ihr stand die Tür des Kleiderschranks halb offen, gegen das Bett gekeilt.

Madame?, sagte Grenelle.

Lassen Sie mich in Ruhe.

Warum kommen Sie nicht herunter? Ich koche uns Kaffee.

Madame wandte sich dem halb blinden Uhrmacher zu.

Ich wollte mich umziehen, verstehen Sie. Etwas Hübsches. Um ihn zu Hause willkommen zu heißen. Aber ich konnte das Bett nicht verrücken. Jetzt habe ich die Schublade verkeilt, und –

Kommen Sie, ich helfe Ihnen, sagte Grenelle.

– jetzt ist es zu spät. Ich glaube sowieso nicht, dass Émile es bemerken würde.

Das tut er bestimmt, Madame. Er braucht einfach Zeit, um sich einzufinden.

Bitte gehen Sie.

Wenn Sie gestatten, Madame, sagte Grenelle.

Da schrie Madame den halb blinden Uhrmacher an.

Wie Sie wünschen, Madame. Ich komme dann später wieder.

Grenelle zog die Tür sanft hinter sich zu.

Später Nachmittag des folgenden Tages. Grenelle sah auf seine Uhr. Es waren weitere vierundzwanzig Stunden vergangen. Oder mehr, nach seiner Schätzung, und noch immer hatte Madame die Tür nicht geöffnet. Er wollte gerade den Laden verlassen und nach oben gehen, als ein Uniformierter an der Tür der Bäckerei erschien.

Der Polizeiinspektor erläuterte den Grund seines Besuchs.

Ich kenne die Notre-Dames, sagte Grenelle. Monsieur geht es nicht gut, und Madame ist noch nicht wach. Sie können Ihren Bericht auch mir geben.

Der Inspektor sagte, es sei höchst vorschriftswidrig, und er sei mit seiner Runde im Verzug und habe schon den ganzen Vormittag lang Mitteilungen zugestellt, aber unter den gegebenen Umständen würde er sich empfehlen, und richten Sie bitte das Beileid der ganzen Dienststelle aus und einen schönen Tag noch Monsieur, auf Wiedersehen.

Im Keller hielt sich Grenelle den Bericht dicht vor die Augen, bis die Schrift scharf war. Er räusperte sich und begann vorzulesen.

> Es ist die Pflicht des unterzeichnenden Beamten zu melden, dass Madame Immacolata Notre-Dame, zuletzt wohnhaft 8. Arrondissement, gestern Nacht um 2:13 Uhr in der Nähe der Kirche Saint-Augustin, nachdem sie schweren Verletzungen erlegen war, zugezogen unter den Hufen eines Pferdes, welches zur Zeit des Unfalls damit befasst war, das Fuhrwerk des Monsieur Philippe Lecler, wohnhaft in Courbevoie, seines Zeichens Aalverkäufer und rechtmäßiger Eigentümer obengenannten Tieres, zu ziehen, amtsärztlich für tot erklärt wurde. Trotz einer Vielzahl von Zeugenaussagen betreffend die mondlose Nacht und die daraus resultierende

Dunkelheit, das Gewicht der Aale, die Wucht des Fuhrwerks sowie die zum fraglichen Zeitpunkt wahrnehmbare Erregung und körperliche Niedergeschlagenheit des Opfers, Aussagen, die ordnungsgemäß im Zuge einer gründlichen Untersuchung der Lokalität sowie vermittels beglaubigter Schilderungen von Augenzeugen des Unglücksfalls aufgenommen wurden, hierzu siehe Anlage, wurde der Zwischenfall durch den unterzeichnenden Beamten als unvermeidlicher und bedauerlicher Unfall erklärt. Es wurden keine weiteren Maßnahmen für notwendig erachtet und obengenannter Monsieur Lecler, vom unterzeichnenden Beamten der Fahrlässigkeit oder Böswilligkeit nicht schuldig erklärt, erhielt die Erlaubnis, sich mit fraglichem Tier und Fuhrwerk zu seinem Domizil zu begeben.

Unterschrift und Datum et cetera.

Grenelle schaute von seiner Lektüre auf. Monsieur hatte nichts gesagt. Abgesehen von einer Augenbraue, die eine Spur höher gewölbt als die andere war, zeigte Octavios Gesicht keinerlei Ausdruck. Als habe der Uhrmacher in einer fremden Sprache gesprochen.

Als er Monsieurs Gesicht nach irgendwelchen Anzeichen von Verständnis absuchte, fand Grenelle nur das, was vor seinem geistigen Auge vorging. Madame, die ihren Schal um den Kopf raffte. Eine dunkle Lücke zwischen zwei Straßenlaternen fand. Darauf wartete, dass Leclers alte Mähre an Tempo gewann. Den rechten Moment abpasste, um auf die Fahrbahn zu treten. Die Augen schloss.

Monsieur lächelte. Er fragte, ob jemand eine Geschichte hören wollte.

Er ist schon eine ganze Weile drinnen, sagt jemand. Glauben Sie, mit ihm ist alles in Ordnung?

Wie wäre das möglich?, kommt die Erwiderung.

Die Menge beruhigt sich damit, dass der Bäcker, da die Feuerwehr ihre Arbeit bereits aufgenommen hat, in den bestmöglichen Händen ist.

Köpfe legen sich in den Nacken, als die Wehr inmitten der Ruinen des obersten Stockwerks im Tortenstück erscheint. Ein, zwei jüngere Feuerwehrleute schwenken ihre Schutzhelme und schwellen ihre Brust, krempeln sich die Ärmel hoch, entblößen so ihre rußigen muskulösen Arme. Einige wenige in der Menge, begierig, in einer spannenden Geschichte aus dem Stadtleben, die sie ihren ungläubigen Verwandten vom Lande erzählen werden, eine Rolle zu spielen, vergessen sich und winken zurück.

Grenelle bückte sich, um die Blumen aufzusammeln, die sich auf der Türstufe des Bäckerladens anzuhäufen begannen. Madame Lafrouche näherte sich, in der Hand eine rote Nelke. Ich glaube, die mochte sie besonders gern, sagte sie.

Die Farbe mit Sicherheit, sagte Grenelle.

Wie geht es dem Jungen?

Mal so, mal so, Madame. Ist bei Ihnen vermutlich auch nicht anders.

Madame Lafrouche tat einen tiefen Atemzug. Mein Alphonse – ja – zwei Jahre ist es jetzt her – kommt mir vor wie gestern – liebte seinen Sauerteig – tut mir leid – ja – der Junge – es geht ihm gut, sagten Sie?

Es wird schon werden, Madame. Er ist ein starker Junge. Er ist ein großer Trost für den Vater.

Lesen die beiden sein Buch?, sagte Madame. Es war ein Geschenk, wissen Sie – Alphonse' Idee natürlich – trotzdem –

Grenelle nahm der Frau die Nelke aus der Hand. Eine Lüge tut niemandem weh, dachte er. Sie lesen jeden Tag darin, Madame.

Madame Lafrouche knetete ihre Finger. Das ist jetzt vielleicht nicht – der richtige Zeitpunkt – aber ich habe mich gefragt – ob – wann – die Bäckerei wohl wieder aufmacht. Es würde uns allen eine große Last von der Seele nehmen.

Bald, sagte Grenelle, bald. Und es ist richtig, dass Sie fragen, Madame. Es wäre gut, zur Normalität zurückzukehren. Ich werde dafür sorgen, dass Monsieur Ihre Blume bekommt.

Die Boulangerie Notre-Dame hatte die meiste Zeit während des Krieges mit knappen Mitteln gewirtschaftet. Das Schicksal hatte es insoweit gut mit der Stadt gemeint, dass es, abgesehen von kurzzeitigen Einschränkungen des Butterangebots, nie einen echten Mangel an Grundnahrungsmitteln gegeben hatte. Die Vitrine war die meiste Zeit über halb leer – Madame hatte die Auswahl an Brotsorten auf das Minimum reduziert –, aber die Kundschaft der Boulangerie Notre-Dame musste nie wirklich hungern.

Ich bin ein Pilger in einem fremden Land, dachte Grenelle, während er gegen den Marmor lehnte und sich einen Überblick über die Vorratslage zu verschaffen versuchte. Octavio stemmte sich hoch und setzte sich auf den Tisch. Grenelle wandte sich dem Jungen zu.

Dein Vater hat ständig mit seinem Lehrling angegeben. Dieser Octavio hat Talent, sagte er immer, ein Notre-Dame durch und durch. Also, wie talentiert bist du genau?

Octavio zuckte die Achseln. Manchmal ließ mich Papa an den Öfen arbeiten, sagte er. Ich habe ihm bei den einfachen Brotsorten geholfen. Brioches haben wir andauernd gemacht.

Nicht die Brioches deiner Mutter, hoffe ich, sagte Grenelle.

Nein, Monsieur, Papas spezielle Sorte. Die mit den Kräutern.

Octavio sah zu seinem Vater hinüber und lächelte. Monsieur Notre-Dame saß in seiner Kellerecke und starrte nach oben zum Fenster.

Die haben mir gefehlt, sagte Grenelle.

Mehl, Hefe und Wasser in eine Schüssel zu kippen war nicht weiter schwierig; Octavio und Grenelle brauchten nicht mehr als ein Dutzend Versuche, bis sie meinten, dass die Salz- und Zuckermengen zu stimmen schienen. Der Junge dachte scharf nach, um sich daran zu erinnern, wie sein Vater mit den Eiern verfuhr: mit anmutigem Schwung, wie ein Jongleur, von der einen in die andere Hand werfen; versuchsweise gegen den Rand der Schüssel klopfen, zuletzt der flinke, entschiedene Schlag. Bei seinem fünften Versuch hatte Octavio den richtigen Dreh gefunden: das Ei am Schüsselrand aufschlagen, den Inhalt in die Mischung fließen lassen, die Schalen in den Händen zurückbehalten. Beim siebten Ei hatte er die Prozedur einhändig zuwege gebracht. Beim zehnten und elften konnte er mit jeder Hand ein Ei aufschlagen.

Der Sohn deines Vaters, sagte Grenelle.

Das Mischen erwies sich als ein Kampf, der Uhrmacher fluchte, weil ihm mehr Teig an den Fingern klebte, als in der Schüssel liegenblieb. Octavio kletterte auf den Marmortisch. Kniend drückte und zog er an dem Teig, bis ihm die Handgelenke wehtaten. Grenelle stand dabei, streute Mehl über die Tischplatte, gab Hände voll Butter dazu. Endlich erzielten sie eine glänzende Kugel aus Teig. Grenelle, über und über mit Mehl bedeckt, und Octavio, keuchend und rot im Gesicht, starrten ihre Kreation an, als könnte sie jeden Augenblick explodieren.

Plötzlich erhob sich Monsieur aus seiner Ecke. Wackelig auf den Beinen, hielt er sich am Rand der Tischplatte fest. Mein Marmor, sagte er.

Octavio und Grenelle sahen zu Monsieurs strahlendem Gesicht auf.

Wussten Sie, meine Herren, dass er in den Steinbrüchen der Toskana gebrochen wurde? Eine Platte, so hoch wie das Tortenstück.

Verschifft über ein Meer, das vor Haien und Meerjungfrauen nur so brodelte, wissen Sie, und verladen auf einen feuerspeienden Zug, ohne Zwischenstation, bis an die Ufer der Seine. Mit einer Winde hat man sie auf einen Kahn geschafft, der von einhundert Männern gerudert wurde. Ein ganzer Tag, ehe die Marmorplatte die Stadt erreichte. Sie wurde auf einen Wagen gewuchtet, der von fünf Hengsten gezogen wurde, die nach Königen benannt waren: viermal Louis und ein Henri. Vom Kai bis hierher konnte man zwanzig Hufe hören, die die Pflastersteine aus dem Splitt rüttelten. Und da liegt sie jetzt, *la mia bella Italiana,* und wartet auf meinen Teig.

Während er sprach, machte Monsieur eine kreisförmige Bewegung mit den Händen, rollte eine unsichtbare Kugel zwischen seinen Handflächen.

Grenelle fing an, stückchenweise Teig abzuzupfen. Er ahmte Monsieurs Bewegungen nach, rollte seinerseits jede Handvoll glatt. Octavio holte die Brioche-Bleche. Aus jedem Klumpen wurde eine Kugel; jede Kugel wurde in ihre Form gedrückt. Die Glasur, sagte Octavio.

Er zerschlug ein Ei in eine weitere Schüssel, fügte einen Schluck Wasser hinzu und rührte. Mit sanftestem Strich, wie früher, als sein Vater ihm die Hand führte, bepinselte Octavio die Oberseite jeder Teigkugel mit einer goldenen Lasur.

Er zeigte auf ein Schraubglas, das zwischen den Balken der Kellerdecke steckte. Papas Geheimnis, flüsterte er.

Grenelle stellte das Glas auf den Tisch; der Geruch von Rosmarin füllte seine Nasenlöcher. Octavio schaufelte eine Faustvoll heraus. Über die Bleche gebeugt, zerrieb er das trockene Kraut zwischen seinen Händen. Ein Dunst von grünen Flöckchen rieselte, wie der zarteste Schnee, auf die kostbaren Brote.

Vierzehn Minuten und zweiunddreißig Sekunden, sagte Grenelle. Er ließ die Brioche-Formen auf den Tisch gleiten: zwei Dutzend Kuppeln, manche vollkommen rund, andere erschlafft und angebrannt, alle mit einem Hauch von Grün überzogen.

Können Sie sie hören?, sagte Monsieur.

Octavio ließ eine Brioche zwischen seinen Händen hüpfen, bis sie abgekühlt war. Er hielt sie seinem Vater ans Ohr. Der Junge klopfte mit dem Daumen auf das Gebäckstück. Monsieur grinste.

Sie sangen, wissen Sie. Die Meerjungfrauen. Als mein Marmor über sie wegfuhr.

Am nächsten Morgen war das BITTE-VERSUCHEN-SIE-ES-SPÄTER-NOCH-EINMAL-Schild aus dem Schaufenster der Boulangerie Notre-Dame verschwunden. Madame Lafrouche gehörte zu den Ersten, die bedient wurden.

Es gab Nächte, da lag Octavio im Keller unter dem Tisch und hörte zu, wie die Ofentüren ihre Hitze abgaben und ihr metallisches Knacken sich mit dem Schnarchen seines Vaters mischte, der immer tiefer in den Schlaf versank.

Monsieur redete im Schlaf, murmelte von trockenen Stiefeln oder warmen Decken, oder Bäumen, die noch immer Schatten warfen. Dann schlich sich Octavio auf Zehenspitzen aus dem Keller und stieg hinauf zur Wohnung im obersten Stock des Tortenstücks. Er zog einen der schlecht gepolsterten Sessel ans Fenster und schaute hinunter auf die Straße.

Die Straße war so schmal, dass sie immer im Schatten lag. Türen und Fenster wurden zu schwarzen Löchern; die umgebenden Gebäude lehnten sich wie betrunken aneinander. Gelegentlich zeigten sich einzelne Gestalten: Nachtarbeiter, Schlaflose, Vagabunden. Für Octavio waren sie nicht mehr als Hüte oder Köpfe von oben. Immer dieselben Köpfe, dieselben Hüte; wenn es regnete, dieselben Schirme. Octavio fragte sich schon, ob die Dunkelheit ihm vielleicht Streiche spielte: Schwarze Gestalten tauchten aus Hauseingängen auf und verschwanden um die Ecke, nur um sich auf Zehenspitzen wieder zu ihren Eingängen zurückzuschleichen, zu warten, bis er einschlief, und dann wieder von vorn anzufangen. Die Hüte, die Köpfe, die Regenschirme schienen immer nur aufzubrechen, nie zurückzukommen.

Octavio hatte sich nie weiter von der Bäckerei weg gewagt als bis zur Schule. Wenn er jetzt die Straße vom Tortenstück aus von oben betrachtete, fragte er sich, wo alle hingingen, wenn sie um die Ecke verschwanden. Seine Hände wurden feuchtkalt bei der Vorstellung, die Türstufe des Bäckerladens hinter sich zu lassen und wegzugehen.

Wenn die ersten Streifen von Morgenlicht den Himmel erhellten, tauchte manchmal eine Lumpensammlerin auf, ihr Karren hoch beladen mit Decken, alten Mänteln, Bettlaken, Vorhängen, Steppdecken, Hüten, Schuhen, Handschuhen, Strümpfen, Kleidern, Hosen. Sie war selbst ein einziges Bündel von Lumpen: Schicht um Schicht, Socken über Schuhen, Strümpfe über Socken, Röcke über Hosen, Schals über Mänteln über Jacken über Pullovern über Unterhemden über Hemden. Auf dem Kopf balancierte sie mehrere Hüte, jeder immer etwas kleiner als der darunter. Die alte Frau trat unter jeder Straßenlaterne ins Licht, glitt dann von einer Laterne zur nächsten, verschwand, nur um wieder zu erscheinen, bis sie schließlich die Ecke erreichte und weg war.

Octavio verspürte keinen Wunsch, irgendeinem von ihnen – den nächtlichen Wanderern, der Lumpensammlerin – zu folgen. Bei dem Gedanken, das Tortenstück zu verlassen, und daran, was seiner Mutter und seinem Vater passiert war, nachdem *sie* es verlassen hatten, wurde ihm ganz schlecht.

Aber dann war es auch schon wieder Zeit, in den Keller zurückzugehen, die Öfen anzuheizen und seinen Vater zu wecken.

Ein kaum sichtbarer Dunst brennt der jungen Frau in den Augen, als sie um die Ecke biegt. Der Geruch von Rauch füllt ihre Nasenlöcher. Sie bleibt stehen, von einer Menschenmasse erschreckt, die plötzlich aus dem Kopfsteinpflaster gewachsen zu sein scheint. Sie hält den Kopf unten, ihr Haar fällt aus ihrem Schal heraus.

Keiner bemerkt, wie sie am Rand der Menge zögert.

Madame Céleste redete sich, wie Eltern das zu tun pflegen, erfolgreich ein, der Unfall habe niemals stattgefunden. Sie ließ behutsam ein neues Kleid über Klein Isabeaus ausgestreckte Arme gleiten, sie führte geduldig die Finger des Mädchens, während sie Schleife um Schleife an ihrem Haar einübten, sie lächelte und nickte, wenn Isabeau beim Durchblättern ihrer Zeitschriften ein unbedarftes Urteil über diesen Hut oder jene Schuhe, oder jene Bluse äußerte.

In diesen Jahren galten ihre privaten Sorgen Isabeau: dass das Mädchen unter den Bemerkungen der Klatschmäuler auf den Boulevards leiden sollte, war schier unvorstellbar. Ab dem Moment, da sie die Normande'sche Wohnung verließen, tat Madame ihr Bestes – ein strenger Ton verbarg das nervöse Zittern ihrer Stimme –, um ihre Tochter vor ausgestreckten Fingern und unverhohlenen Blicken abzuschirmen. Du weißt ganz genau, meine Liebe, dass eine junge Frau nicht barhaupt aus dem Haus geht. Wenn du darauf bestehst, mich zu begleiten, dann sei so gut und leg dir einen Schal um.

Doch die Zeit verging, und der Makel ihrer Tochter blieb unverändert. Je mehr Madame Céleste versuchte, sie zu ignorieren, desto deutlicher sprang ihr die rote Narbe in die Augen. Sie wusste, dass die kaltherzigeren Klatschmäuler die herrliche

Madame Céleste nie wieder als *élégante* betrachten würden, mit diesem armen verbrühten Gesicht, das hinter ihren Röcken hervorlugte. Keines von ihnen würde sich an das *magnifique, magnifique* erinnern. Sie wusste, dass sie nur noch über ihr Versagen reden würden. So eine stolze Mutter, würden sie sagen, und jetzt schauen Sie sich das Resultat an. Isabeau würden sie nie ihre eigene Tollpatschigkeit vorwerfen. Nein, *sie* würde es sein, die *schändliche, schändliche* Céleste, die man verurteilen würde. Eine Mutter, die nicht wachsam genug war, um ihr eigenes Kind zu beschützen.

Müssen wir heute unbedingt ausgehen, meine Liebe? Ich glaube, das Wetter hält sich nicht.

Isabeau quälte sich in den ungelenken Körper einer Halbwüchsigen. Ihre Lieblingsmagazine waren so oft gefaltet worden, dass sie schon bei der leisesten Berührung auseinanderfielen. Sie schlurfte mit einer ständigen Leidensmiene durch die Wohnung. Schließlich hatte Pascal genug.

Vielleicht würde ein Buch sie ablenken, schlug er seiner Frau vor. Sie hat bald Geburtstag. Konnte sie wirklich so schnell groß geworden sein?

Pascal überreichte seiner Tochter ihr Geschenk. Es war zerlesen und berieben, leicht in die Tasche zu stecken, ein Kunstführer für den Louvre. Der Buchhändler hatte garantiert, das Buch sei – beachten Sie die zahlreichen Reproduktionen, Monsieur, es ist eine äußerst rare Ausgabe – zehnmal so viel wert, wie er verlangte. Pascals einziger Kommentar war, die Gemälde seien klein und langweilig. Ich will nur hoffen, die Originale sind die Besichtigung wert, sagte er und gab dem Buchhändler halb so viel.

Sie werden nicht enttäuscht sein, Monsieur.

Wieder zu Hause, schrieb Pascal eine Widmung auf das Titelblatt.

Unserem eigenen Meisterwerk anlässlich seines vierzehnten Geburtstags. In Liebe, Maman, Papa und Zouzou.

Isabeau zog sich für mehrere Stunden in ihr Zimmer zurück und las, unter der Decke zusammengerollt, die Beschreibungen in dem Führer. Studierte die Grundrisse des Museums, folgte mit dem Finger gestrichelten Routen durch die Sammlungen, versenkte sich in die trüben Abbildungen. Sie disputierte mit sich selbst entsprechend ihren Stimmungsschwankungen: wählte die tragischsten Gemälde aus, nur um sie zugunsten fröhlicherer zu verwerfen; kritzelte Sternchen neben ihre Favoriten, unterstrich Namen und Adjektive, schwärzte andere, träumte, wie die Gemälde – ihre Gemälde jetzt – wohl aussehen würden, wenn sie in ihrem Zimmer hingen.

Ihre Phantasien wurden zu Obsessionen einer Heranwachsenden. Am Esstisch sprach sie kaum noch von etwas anderem. Dass ihre Bilder bestimmt wunderschön waren. Dass die Figuren bestimmt aus dem Rahmen springen, wenn man daran vorbeigeht, Maman, und ihre Augen einem durch die Säle folgen. Dass bestimmt Hunderte von Menschen, wie deine Kundinnen, Papa, jeden Tag ins Museum strömen.

Bitte, Papa, können wir auch hin?

Eines Sonntags schreckte Pascal Normande aus seinem Nachmittagsschläfchen hoch.

Wir sollten uns sehen lassen, sagte er, sich die Augen reibend. Dinge sehen –

Madame Céleste schritt gerade umher, versetzte Vasen von

links nach rechts und dann wieder zurück. Dinge?, sagte sie und strich mit dem Finger über eine Fensterbank.

– Theater, sagte Pascal. Schauspiele, Vernissagen, Galerien. Wie wir es früher machten – bevor –

Galerien?, sagte Madame.

Kunst. Die Gemälde in Isabeaus Buch etwa. Es wäre gut fürs Geschäft, glaubst du nicht? Wieder mit der Kundschaft zu verkehren. Sogar Isabeau weiß, wer die Museen besucht.

Verkehren? Sich wie eine Schafherde treiben lassen, meinst du.

Isabeau liebt sie doch, sagte Pascal. Wie kann ein Vater seiner Tochter etwas versagen?

Du meinst doch wohl nicht etwa, dass wir alle drei ausgehen?

Wir können sie nicht ewig verstecken, mein Liebes.

Das kann unmöglich dein Ernst sein.

Unsere Farce läuft schon lang genug. Das Mädchen hat ein Anrecht darauf, glücklich zu sein.

Es ist keine Farce. Es ist ein Schutz. Denk nur an das Gerede, wenn wir anfangen, sie herumzuzeigen. Ich könnte es nicht ertragen.

Pascal winkte ab. Geredet wird schon jetzt, sagte er. Wusstest du, dass wir Isabeau angeblich in einem Schrank angekettet halten wie irgend so ein wildes Tier? Ich habe es munkeln hören, du selbst hättest das kochende Wasser aus Eifersucht verschüttet. Glaub mir, am Tag, nachdem sie diese Narbe gesehen haben, werden sie schon über etwas anderes tratschen. Hässlichkeit hinterlässt keinen bleibenderen Eindruck als Schönheit. Deine Klatschmäuler werden Isabeau so oder so nicht in Erinnerung behalten. Außerdem werden alle nur dich anschauen.

Es wäre mir lieber, wenn sie das nicht täten, sagte Madame.

Madame Céleste bestand darauf, dass die Bäume voller Knospen und der Boden im Tuileriengarten trocken und trittfest sein sollte. Es durfte kein Wind wehen, der einen Hut verschieben oder ein Kleid heben oder Isabeaus Schal lösen könnte. Der Himmel hatte von einem klaren Frühlingsblau zu sein.

Ihren Schal?, sagte Pascal.

Das Kind wird Rosa tragen, sagte Madame. Und einen deiner Schals, den mit den Pfauen, denke ich. Und achte darauf, dass sie nicht vergisst, dass die Falte an der Wange anliegen soll und die Enden über die Schultern fließen.

Isabeau nahm das Ohr vom Schlüsselloch. Ihr Gesicht brannte. Das Grauen davor, gesehen, angestarrt, betuschelt zu werden, schien ihre Narbe zum Leben zu erwecken, wie ein Krabbeln auf ihrer Wange. Aber das war ihre Chance. Sie würde jedes Risiko auf sich nehmen, um ihre Gemälde sehen zu können. Sie schaute ihren Hund an.

Zouzou, der Louvre. Kannst du dir das vorstellen?

Der Hund, fast blind und stocktaub, drückte die Schnauze in eine warme Stelle an Isabeaus Fußknöchel.

Die Normandes schlossen sich der Masse von Körpern an, die sich durch eine Reihe von engen Türen quetschte. Die Menge trat wie aus einem Schlauch gesprüht, zerzaust und mit aufgerissenen Augen, in der Grande Galerie wieder heraus.

Isabeau trug den Schal ihres Vaters, die Enden glitten über ihre Schultern und den Rücken hinunter. An ihr Buch geklammert, auf die Glasdecke starrend, stieß sie gegen ihre Mutter. Madame Céleste scheuchte sie fort, murmelte etwas von Hetze und was passierte, wenn man nicht achtgab, und ordnete dabei den Fall ihres Kleides.

Durch die Decke strömte Licht herein, als sei sie gar nicht da und die Galerie zum Himmel hin offen. Isabeau beschirmte ihre Augen mit der Hand. Das Ende des Saals schien tausend Meilen entfernt zu sein. Wie es in der Ferne zu verschwinden schien, erzeugte bei ihr eine Gänsehaut, die sich von den rosa Handschuhen die Arme hinauf ausbreitete. Sie spürte ein Kitzeln in den Kniekehlen, ihre Kopfhaare sich borstig aufrichten. Ein Flattern im Magen ließ sie erschaudern.

Erwachsene umdrängten sie. Manche beugten sich vor zu den in Augenhöhe platzierten Bildern, andere lehnten sich zurück, um diejenigen zu betrachten, die mehr zur Decke hin hingen. Keiner merkte es, wenn er das Mädchen mit dem Pfauenschal anrempelte.

Während Isabeau sich ganz langsam die Galerie entlangbewegte, flammten überall Farben auf: Gemälde, die sie zu kennen glaubte, jetzt in ihren tiefen Rot- und Gold-, satten Grün- und Gelb-, tintigen Schwarz- und Blautönen kaum wiederzuerkennen. Sie waren alle da, ihre Zimmergenossen, ihre Lieblinge, mit einem Mal gigantisch im Vergleich zu den körnigen Reproduktionen in ihrem Buch. Manche Gemälde dehnten sich vom Fußboden bis zur Decke, ihre Figuren, ganz wie sie es erwartet hatte, bereit, aus ihren Leinwänden herabzusteigen. Die kleineren – viel viel kleiner, als Isabeau sich vorgestellt hatte – drängten sich, Wange an Ohr an Schulter, aneinander. Es gab abgehackte Köpfe auf Servierplatten, grinsende Heilige, die himmelwärts deuteten, ernste Geschäftsleute, Mütter und Töchter, Kleinkinder mit Häubchen, schiffbrüchige Seeleute, Musiker, Göttinnen, tanzend durch antikische Ruinen.

Der Strom von Besuchern verlangsamte und staute sich drängelnd vor einem bestimmten Bild. Isabeau wusste von ihrem Plan, wen sie gefunden hatten. Es war die *Joconde*. Isabeau hatte sich nie viel aus ihr gemacht. Die Reproduktion in dem Museumsführer ließ die Frau schmuddelig wie eine Straßenkehrerin aussehen. Isabeau hatte in einer Zeitung ihres Vaters gelesen, dass jemand sie wirklich ein paar Jahre zuvor gestohlen hatte. Noch Monate danach waren Tausende ins Museum gepilgert, um zu weinen und die verblasste Tapete und die leeren Haken anzustarren, wo sie gehangen hatte. Viele hatten sogar Gedichte und Blumen und Beileidsbriefe dagelassen, als sei die vermisste Person ihr Ein und Alles gewesen. Es war der reine Unsinn, dachte Isabeau. Die Frau, die jetzt vor ihr hing, war eine dickliche Trine, ihr Kleid war langweilig, ihr Haar hätte eine Wäsche gebrauchen können, und ihre Hände waren viel zu groß.

Isabeau suchte nach jemand anders. Sie hatte immer aus dem Buch hervorgeschaut, ein Mädchen, nicht viel älter als Isabeau selbst, mit Augen, die darum flehten, sich nicht um sie zu drängen, nicht mit Fingern auf sie zu zeigen oder sie anzuhimmeln. Sie hing inmitten von Phantasielandschaften und Szenen aus dem Bauernleben. Die kleine Plakette neben ihr trug die Aufschrift: 422, *Die Quelle, Ingres, signiert und datiert, 1856.*

Allein in ihrem Schlafzimmer, hatte Isabeau ihr ein paar geheime Namen gegeben – sie war vielleicht Tethys, oder Iolanthe. Irgendetwas Exotisches und nicht von dieser Welt. Doch jetzt, wo sie sich leibhaftig gegenüberstanden, fand Isabeau, dass sie eher wie eine Sofia aussah. Sie stand nackt am Rand eines glasklaren Teiches in einem dichten grünen Wald, balancierte eine Urne auf ihrer Schulter, und Wasser rann durch ihre Finger. Ihre Haut schien von innen erleuchtet zu sein; sie hatte keinerlei Flecken oder Sommersprossen. Keine Anzeichen von Haarflaum unter ihren Armen oder um ihre intimen Zonen. Sie hatte keine Narben.

Isabeau errötete, als schaute sie in ihren Spiegel. Sofia machte keine Anstalten, ihre Nacktheit zu bedecken, dennoch konnte Isabeau etwas in ihrer Pose erkennen, in der Weise, wie sich die Knie des Mädchens aneinanderschmiegten. Isabeau stellte sich zwei Schwestern vor, die, allein in ihrem eigenen Zimmer, die gleiche Scheu teilten. Die einander kichernd die fraulichen Formen offenbarten, die ihre Körper allmählich annahmen.

Sie bewunderte Sofias Gesicht: die Lippen leicht geöffnet, die Anfänge eines zaghaften Lächelns. Isabeau trat näher. Das Mädchen hatte Augen wie sie selbst, groß und dunkel, und ähnlich geschwungene Lider. Ihr Haar war vielleicht nicht ganz so schokoladenbraun, aber ähnlich. Und sie konnte durchaus gleich groß sein, obwohl das für Isabeau schwer zu erkennen war. Sie versuchte, sich selbst und Sofia Rücken an Rücken stehen zu sehen, mit den Köpfen aneinanderstoßen und lachen.

Sie wäre die Mutige von beiden, dachte Isabeau. Sofia hatte nichts zu verbergen. Trotzdem könnten sie Schwestern sein.

Die junge Frau betrachtet den Rauch, der aus dem Gebäude auf der anderen Straßenseite aufsteigt. Papierfetzchen wirbeln um sie herum. Sie öffnet die Hand; ein paar Flocken lassen sich darauf nieder. Sie liest die Halbworte und angesengten Buchstaben, wundert sich über die roten, grünen, orangegelben Lichter, die auf ihrer Hand liegen. Auf Zehenspitzen späht sie zwischen den Schultern der Menschenmenge hindurch. In diesem Augenblick liest sie den Namen der Bäckerei und erkennt den Mann wieder, der aus dem Gebäude taumelt, der vertraute Anzug jetzt mit Asche bedeckt.

Octavio und sein Vater verbrachten ihre Sonntage auf der Stufe vor der Bäckerei. Octavio öffnete die Zeitung des Tages, deutete auf eine Illustration oder Fotografie, schlug ein, zwei Wörter vor, um das Spiel in Gang zu bringen. Monsieur grinste immer bloß oder starrte ausdruckslos auf die Seite oder sagte überhaupt nichts. Octavio probierte es daraufhin mit einem anderen Bild. Dann konnte es sein, dass Monsieur unvermittelt zu einer eigenen Geschichte ansetzte. Eines Morgens wurde das walrossbärtige Gesicht eines Politikers, das streng aus der Ecke einer hinteren Seite blickte, zum Papst von Avignon.

Also, *das* ist ein anspruchsvoller Kunde, sagte Monsieur. Unmöglich zufriedenzustellen. Wenn deine Croissants nicht so blättrig zerfallen, wie er es gerne mag, oder deine Krusten nicht fest sind, zieht er dich nackt aus und bindet dich, schneller als du Ave Maria sagen kannst, an eine Säule in seinem Kreuzgang. Dann teilt er Palmwedel an deine Stammkunden aus und ermuntert sie dazu, dir ein, zwei Streiche auf den knochigen Bäckerhintern zu verabreichen.

Octavio Notre-Dame wuchs zu einem tüchtigen Mann heran, einem ebenso schlanken Bäcker wie sein Vater, wenngleich einen ganzen Kopf größer. Grenelle der Blinde erwarb sich ebenfalls einen Ruf, und Kunden verlangten bald eigens nach dem, was sie

»Uhrmachers Geflecht« nannten: einen missgestalteten Brotzopf, der nie ganz durch zu sein schien, aber einem schier auf der Zunge zerging. Die dralle junge Frau mit ihrem Weizen, der lachende Bäcker mit seinen Düften, die Engel mit ihrem himmlischen Frühstück, die Maria und ihr Bier: Sie alle wachten weiterhin über die Boulangerie Notre-Dame.

Nachdem er den dritten Schwung des Tages in die Öfen geschoben hatte, kam Octavio immer herauf in den Laden, um etwas frische Luft zu schnappen. Ein paar frühe Kunden hatten vielleicht schon murmelnd ein wenig verweilt und warteten nun auf die aufmerksamen Ohren, die sich mit dem mittäglichen Ansturm einstellten. Nicht viel los heute in der Welt, verkündete vielleicht jemand. Da können wir genauso gut hierbleiben. Man kann nie wissen, vielleicht passiert ja *hier* was. Grenelle zuckte dann die Achseln und machte sich wieder daran, die Körbe in Ordnung zu bringen. Octavio lehnte sich gegen die Vitrine und pulte sich die Teigränder von den Nägeln.

Stille machte sich breit, während frische Aromen vom Keller heraufzuwehen begannen. Wie wäre es dann mit einer Geschichte, fragte schließlich einer. Octavio kratzte sich den Kopf und ließ seinen Rücken knacken.

Die weiteren Abenteuer des verschwundenen Ns waren ein beliebtes Thema. Octavio durchforstete etwa seine Erinnerungen an den Erdkundeunterricht bei den Nonnen und begann dann mit der Feststellung, dass Napoleon nichts mit dem Verschwinden zu tun hatte. Tatsächlich, sagte Octavio, war die Stadt Nizza – Nice – an allem schuld. Und dann erklärte er: In einer fernen Zeit hatten die Bürger beschlossen, ihren Lokalpatriotismus dadurch zum Ausdruck zu bringen, dass sie ihre Hauseingänge entsprechend schmückten.

Südländer, sagte ein Klatschmaul da. Zweifelhafte Gesellen, wenn Sie mich fragen.

Mag sein, fuhr Octavio fort, aber die Stadtväter fanden, das sei eine großartige Idee, und so sandten sie Banden aus, damit sie Is und Cs und Es und natürlich Ns, wo immer sie welche fanden, mitgehen ließen. Versucht, niemanden zu ermorden, war die einzige Bedingung, die die Väter an ihre Vandalen stellten. Aber auch so war keine Ecke des Landes vor ihnen sicher. Dörfer wie Issou oder Courcelles, ja selbst der Weiler Épretot wurden Opfer nächtlicher Aktionen an ihren Ortsschildern.

Hier hielt Octavio inne und ließ den Kopf wie trauernd hängen. Doch das arme winzige Nantenne, seufzte er dann. Es hatte den schlimmsten Verlust. Ein unschuldiges Lamm von einem Dorf, gemästet mit seinen vier Ns und zwei Es, nur um von buchstabenklauenden Wölfen zerfleischt zu werden.

Und wo mag dieses arme tragische Nantenne wohl liegen, kam die unvermeidliche Frage. Worauf Octavio sein Gesicht verbarg, gespielte Tränen abwischte und mit zitterndem Finger nach draußen wies. Das ist schwer zu sagen, meine Freunde. Niemand weiß mehr den Weg. Alle Wegweiser sind verschwunden.

Wo *liegt* denn nun genau Nantenne?, fragte Octavio eines Abends Grenelle, als sie gerade den Laden schlossen. Ich erinnere mich an den Namen von der Schule her, aber wo es liegt, weiß ich nicht mehr. Grenelle sagte, selbst er wäre sich nicht sicher, aber soweit er noch wüsste, könnte es an der Straße nach Dijon liegen.

Sind Sie schon mal da gewesen?, sagte Octavio.

In meinen Wanderjahren, erwiderte Grenelle.

Man erzählte sich, Grenelle sei mit fünfzehn von zu Hause weggegangen: ein fauler Junge mit flinken Fingern und einem unheimlichen Gehör. Er brauchte sich nur ein beliebiges mechanisches Missgeschick anzuhören – ein holpriges Getriebe, eine spuckende Düse, das kratzige Knirschen eines Rades –, und er wusste binnen Sekunden, wie es zu beheben war. Taschenuhren steckten voller solcher Probleme. Meine leichteste Übung, sagte Grenelle gern.

Eine Zeit lang ging Grenelle bei einem Juwelier in Lyon in die Lehre, wo er billigen Schmuck flickte und Gewichte kalibrierte. Nach einem Jahr hatte er es satt, sich für jemand anders zu placken. Er bastelte sich aus alten Koffern einen Werkzeugkasten, schlang ihn sich um die Schulter und zog dann von Ort zu Ort, um Begutachtungen, Reparaturen und Restaurierungen anzubieten. Er liebte das Wanderleben, die Arbeit, Schmucksteine kleiner als ein Sandkorn aufzukleben, Uhrfedern so dünn wie ein menschliches Haar neu aufzurollen, Medaillons zu polieren und dabei ein lange vergessenes Liebesversprechen freizulegen. In der Bäckerei bestand der Verdacht, dass es nicht viele Orte gab, an denen Grenelle im Laufe seines Lebens nicht gewesen war, und manche munkelten, dass er unterwegs viele Herzen gebrochen hätte. Schwer vorzustellen, meinten die schwatzenden Stammkunden, wie unser blinder Kesselflicker in ein Dorf geschlendert kommt, eine zerrissene Halskette neu aufzieht, mit einem gewinnenden Lächeln einen dankbaren Nacken streichelt, während er den Kettenverschluss einhakt, in der Scheune hinterm Haus ein trockenes Strohlager findet und dann wieder verschwindet, ehe die Sonne aufgeht. Schwer vorzustellen, aber sind wir nicht alle mal jung gewesen?

Wenn Octavio fragte, ob die Gerüchte stimmten, lächelte Grenelle nur.

Du solltest nicht alles glauben, was du hörst, mein Junge, aber ich bin schon hier und da gewesen.

Und wo genau ist das?, sagte Octavio. Hier und da?

Hier war der Ort, an dem ich mich gewöhnlich befand, erwiderte Grenelle. Er brauchte nie lang, um seinen Reiz zu verlieren. Da war der Ort hinter dem nächsten Hügel, das Dorf nur ein Stück weiter, hinter der nächsten Biegung. Da war nie, wo ich war, und da erschien immer verheißungsvoller.

Ich wünschte, ich könnte das auch, sagte Octavio. Da hingehen.

Die Bäckerei verlassen, meinst du?, sagte Grenelle. Was sollte dich hindern?

Schauen Sie sich an, was Maman passiert ist. Oder Papa.

Menschen gehen aus den verschiedensten Gründen weg, mein Junge. Manche haben keine Wahl. Aber manche suchen nur ein bisschen Abenteuer, eine Abwechslung vom Einerlei des Lebens. Der Ort, den ich *da* nenne, ist nicht so grausam, wie du glauben magst, und du brauchst nicht weit zu laufen, um ihn zu erreichen. Manchmal brauchst du lediglich bis zum Ende der Straße zu gehen und um die Ecke zu biegen. Und vergiss nicht, wie weit du auch wandern magst, *hier* wird immer hier sein.

Am zehnten Jahrestag des Waffenstillstands brachte die Sonntagszeitung eine von Spruchbändern, Flaggen und gekreuzten Gewehren eingerahmte Collage von handkolorierten Fotografien: eine Jubiläumsnummer zu Ehren der tapfersten Generäle, die der Krieg gekannt hatte. Octavio zeigte auf einen gewachsten Schnurrbart, eine lorbeergeschmückte Mütze, eine Brust schwer von Orden. Plötzlich sprach Monsieur.

– müssen weiter – zu lange hier gewesen – die Scharfschützen haben uns ausgemacht. Wenn wir hierbleiben, erwischt uns eine zwischen die Augen – müssen weiter – raus aus dem Schlamm – trockenes Gelände finden. Der Hauptmann sagt – behaltet die Sonne im Rücken, Jungs – der Boche – kann uns nicht sehen, wenn er in die Sonne sieht – Hauptmann ist ein Idiot, Jungs – glaubt ihm kein Wort – unsere Freunde auf der Gegenseite – können uns sehen – so sicher wie ich euch sehe – perfekte Silhouetten geben wir ab – könnten uns genauso gut Zielscheiben vors Gesicht halten – der Boche schießt nicht daneben – das tut er nie.

Monsieur rang um das Gleichgewicht, die Augen groß und voller Angst, Schweißperlen auf dem Gesicht.

Zeit zu gehen Jungs – links rechts links rechts – Gesicht zur Sonne – eins zwo eins zwo – fallen lassen – du bist ein toter Mann.

Octavio gab es mit den Zeitungen auf. Er erreichte jetzt damit nicht mehr, als seinen Vater zu ängstigen. Er zog die *Tausendundeine Nacht* unter seinem Bett hervor und pustete die Staubschicht weg.

Während Octavio Seite um Seite zu ihren einstigen Lieblingsbildern blätterte – der Räuberhöhle, den Seefahrern in ihren fliegenden Schiffen, dem Jungen und seiner goldenen Lampe – starrte sein Vater lediglich vor sich hin. Bis Octavio das Bild von der Prinzessin erreichte, die in ihren fließenden roten Gewändern dem König etwas ins Ohr flüsterte.

Was zählte, sagte Monsieur plötzlich, war, dass es rot war.

Madame Lafrouche zahlte gerade für ihr Sauerteigbrot, als sie sich nach Octavios Vater erkundigte. Octavio erzählte ihr von seinen Enttäuschungen. Dass die Zeitungen ihn aufregten, dass ihre Lieblingsbilder in *Tausendundeiner Nacht* kaum noch eine Reaktion auslösten. Sein Vater verschwand mit jedem Tag ein bisschen mehr.

Du musst hier weg, sagte Madame Lafrouche. In diesem Haus steckt zu viel Geschichte, zu viele Erinnerungen. Dein Vater braucht einen Szenenwechsel.

Octavio schwante Schlimmstes. Momentaufnahmen seines Vaters, der in eine Sommersonne davonmarschierte, seiner Mutter, die sich unter einer Straßenlaterne ganz klein machte, der Nonnen, die ihre Rohrstöcke zückten, blitzten in seinem Kopf auf, als sei das alles erst gestern passiert.

Du bist ein guter Sohn, sagte Madame Lafrouche.

Aber – wo sollten wir hin?, sagte Octavio.

Herrje, nirgendwo im Besonderen. Macht einfach einen Spaziergang, schlendert ein bisschen herum, sucht ein paar neue Bilder. Ihr könntet es mit dem Louvre probieren.

Wie weit ist das?

Näher als du glaubst, sagte Madame Lafrouche.

Grenelle der Blinde sah zu, wie Monsieur sich an den Ellbogen seines Sohnes klammerte. Ein Fuß landete auf der Straße. Octavio stolperte, fand dann aber für beide das Gleichgewicht wieder. Er sah sich nach Grenelle um. Der Uhrmacher lächelte.

Vergiss nicht, sagte er. Einmal links abbiegen, dann zwei Straßen, dann rechts abbiegen. Wieder zwei Straßen, dann wieder rechts. Damit müsstet ihr hinkommen.

Kapiert, sagte Octavio. Links zwo rechts zwo rechts.

Vater und Sohn machten einen weiteren Schritt.

Gesicht zur Sonne, sagte Monsieur.

Octavio sah in den Himmel, dann hinunter auf seine Füße. Ja, Papa.

Langsam näherten sich die Notre-Dame-Männer der Straßenecke. Grenelle sah ihnen nach, bis sie verschwanden.

Anfangs gaben sie ein nervöses Gespann ab: ihre Schritte skeptisch, ihr Tempo verhalten.

Sie zogen los nach Grenelles Instruktionen. Links zwei rechts zwei rechts, wiederholte der Uhrenmann. Das reicht für den Anfang. Er hatte den Code auf Octavios Handflächen geschrieben:

L2 auf die linke, *R2R* auf die rechte. Octavio erinnerte sich an das L und das R, die seine Mutter, als er ein Junge war, vorn auf seine Schuhe geschrieben hatte.

Dann dürftet ihr beiden keine Probleme haben, hatte Grenelle gesagt.

Binnen Wochen hatten die beiden Notre-Dames ihr eigenes System etabliert: eine Abfolge, an die sie sich jeden Sonntag hielten, wie an eine Spur von Kieselsteinchen, die sie zurückverfolgen konnten, sollten sie sich jemals verirren.

Ein paar Straßen weiter gab es den Herrensalon. Der Besitzer hatte einen seiner Stühle, eine schmiedeeiserne Extravaganz mit Hebeln und Griffen und Zahnrädern zum Anheben der Sitzfläche oder Justieren der Kopfstütze, draußen auf den Bürgersteig gestellt. Meist lag ein Kunde im Stuhl, flach auf dem Rücken, das Gesicht schaumbedeckt, und hielt freundlicherweise einen Handspiegel, während der Barbier sein Rasiermesser abzog.

Neben dem Salon: das Etablissement einer Pediküre. Unter dem Fenster des Ladens wand sich eine Warteschlange von Männern gelangweilt, aber unruhig auf einer Anzahl von Holzstühlen. Wenn Octavio und sein Vater an den Wartenden vorbeikamen, hörten sie unweigerlich jemanden fragen, wer an der Reihe sei, hineinzugehen und nachzuschauen, ob die Nägel ihrer Frauen trocken waren. Der Mann, der gerade rasiert wurde, knurrte dann, er wäre jeden Augenblick soweit.

Hinter einer weiteren Ecke, wenn sie sich an ihren Plan gehalten hatten, blieben die Notre-Dames stehen, um zuzusehen, wie eine elegant herausgeputzte alte Frau einem langen schwarzen Automobil entstieg. Während ihr Chauffeur ihr die Tür aufhielt, drehte sich die Frau um und forderte fünf winzige Hunde auf, ihr an einem Gewirr von Leinen in einen nahegelegenen Park zu folgen. Während sie darauf warteten, dass die Prozession vorüberzog, nannte Émile jeden einzelnen Hund beim Namen. Henri, Henri, Henri, Henri, Louis, sagte er.

Als Nächstes kam der Mann, der Maronen verkaufte: Windschief neben einer geschwärzten alten Blechpfanne stehend, bot er seine kleinen Papiertüten an. Er trug eine ramponierte Baskenmütze und einen bleistiftstrichdünnen Schnurrbart. Ein Hosenbein hochgefaltet und in den Gürtel gesteckt, balancierte er auf einer abgewetzten Krücke. Es wurden keine Worte gewechselt, keine Formalitäten oder Zeremonien, aber während sie vorübergingen, salutierten Octavios Vater und der Maronenmann stets voreinander.

Und dann gab es noch die Taubenfrau. In einem dicken Wintermantel, ohne Rücksicht auf das Wetter, saß sie auf einer Bank mit einem Laib Brot, zupfte Krümel heraus und streute sie einer großen Menge hin, die geduldig zu ihren Füßen gurrte. Ein paar beherztere Vögel hockten auf ihren Schultern, während zwei, drei andere über ihrem Kopf auf der Stelle flatterten in der Hoffnung, darauf landen zu können.

Octavio konnte sich immer darauf verlassen, dass die Frau und ihre Vögel ein Lächeln in seines Vaters Gesicht zaubern würden.

Sie waren anfangs ein unsicheres Paar, aber bald sollte die Neugier hinzukommen und ihnen Halt geben. Während sie dahinschlenderten, spähten Octavio und sein Vater in Schaufenster, steckten die Köpfe in geheimnisvolle Hauseingänge und um schlecht einsehbare Ecken; traten zur Seite, wenn Leute durch ihren Tag hetzten.

Nach ein paar Sonntagen schafften sie es – Arm in Arm, Hand in Hand, der Sohn steuernd, der Vater nach bestem Vermögen mithaltend –, das 8. Arrondissement zu durchqueren. Und wie die Wochen und Monate vergingen, spürte Octavio, dass sich sein Vater veränderte, als ob er von vielen behutsamen Marionettenfäden mehr in die Senkrechte gezogen werden würde, und sein Gang mehr Festigkeit bekam.

Am Ende der Champs-Élysées tat sich der Himmel weit auf, ein gigantisches Gähnen über der Place de la Concorde, als sei die Stadt ihrer von Bäumen gesäumten Verkehrsader müde geworden und müsse sich einmal ordentlich strecken. Der Platz verschwamm im Verkehr. Octavio und sein Vater hatten ihre liebe Not damit, nicht überfahren zu werden. Monsieur klammerte sich an den Arm seines Sohnes, und Octavio erinnerte sich daran, wie die Hand seiner Mutter auf dem Heimweg von der Schule die seine gedrückt hatte. Vater und Sohn gingen weiter.

Zwei Räder, vier Räder, geschoben, gezogen und getreten, kreischende Bremsen, schnaufende Abgase, gebrüllte Obszönitäten erfüllten ihre Ohren. Und jenseits des Platzes lockte der Tuileriengarten mit ein, zwei Stühlen im Schatten, der Möglichkeit, nach einem Vormittag des Spazierens und einer Minute des Schreckens im Auge des wahnsinnigen Wirbelwinds der Concorde ein wenig zu verschnaufen.

In der Nähe des Wasserbeckens stand ein Parkwächter auf einer Leiter, die an der Statue einer Nymphe lehnte. Er stützte sich auf die kalte steinerne Brust der Frau. Seine andere Hand hielt eine schwere Bürste, mit der er ihr den Taubendreck aus dem Haar schrubbte. Er schien den jungen Mann, der zwei Stühle zum Rand des Wassers schleifte, nicht zu bemerken.

Octavio überprüfte den Stand der Sonne, richtete die Stühle entsprechend aus und half seinem Vater, es sich auf dem einen bequem zu machen. Dann stemmte er die Füße gegen den Beckenrand und schloss die Augen, sodass die Wärme der Sonne durch seine Lider glühte. Hinter ihm brüllte eine Stimme.

Ein schönes Durcheinander machen Sie da aus meinem Kies, Monsieur.

Der Parkwächter schwenkte seine Bürste. Octavio fiel hintenüber und rappelte sich wieder auf. Sein Vater zog die Schultern hoch und hielt sich die Arme über den Kopf. Octavio schaute nach oben und entschuldigte sich.

Wir sind auf dem Weg ins Museum, Monsieur. Wir wollten uns nur einen Augenblick ausruhen.

Der Parkwächter knurrte und reckte seinen Daumen in die Richtung des Louvres, der zwischen den Bäumen aufragte. Stellen Sie die Stühle wieder zurück, wenn Sie gehen, sagte er.

Der Bäcker taumelt aus dem Tortenstück. Das Haar steht ihm strähnig vom Kopf ab; seine Finger sind wie Haken gekrümmt. Er klappt vornüber, die Hände auf die Knie gestemmt, schlingt Luft, die noch immer schwer von Rauch ist, kämpft gegen den Brechreiz an. Schweißtropfen fallen auf seine Sonntagsschuhe, lassen beim Aufklatschen winzige Aschewölkchen aufwirbeln.

Die Menge rückt näher heran. Lasst ihm etwas Platz, bellt die ältere Frau. Lasst den armen Mann um Himmels willen atmen.

Der alte Mann mit den dicken Brillengläsern legt dem Bäcker einen Arm um die bebenden Schultern, klopft ihm auf den Rücken. Er murmelt dem Mann ins Ohr, als singe er ein Schlaflied.

Alles vorbei, mein Junge.

Alles vorbei.

Isabeau Normande wurde Restauratorin und bemühte sich so lange, wie Tageslicht durch die trüben Kellerfenster des Louvres schien, seine Sammlungen von Dreck und Vernachlässigung zu befreien. Ihr Handwerk hatte sie an der Seite einer gewissen Madame Tessier gelernt. Es war unmöglich zu schätzen, wie alt die Frau war, und ebenso wenig legte sie im Laufe der Jahre, die Isabeau mit ihr verbringen sollte, irgendwelche Anzeichen von Alterung an den Tag. Sie kam jeden Morgen in demselben zerknitterten Zustand ins Museum, aber woher sie kam, wusste niemand zu sagen.

Natürlich gab es die Mythen und Sagen, Gerüchte und müßigen Theorien, die unter den Wärtern kursierten. Dass Madame T als Säugling, wie Moses im Schilf, in einem Korb auf den Stufen des prunkvollen Museumseingangs ausgesetzt worden sei. Dass sie sie alle überleben würde. Dass die Frau, sollte sie jemals sterben, unter der armlosen Venus von Milo begraben werden und den Grund dafür wissen würde.

Sie trafen sich zum ersten Mal nicht viele Tage nach Isabeaus achtzehntem Geburtstag, im Frühling des Jahres 1928, an einem dunklen, schneeregnerischen Morgen. Isabeau hatte sich durch das Gewirr von Gängen unter dem Museum zu ihrem Vorstellungsgespräch bei Madame T durchgeschlagen. Wortlos winkte Madame T Isabeau zu einem Hocker neben ihrem Arbeitstisch. Als Isabeau ihren Schal abnahm und ihre Haarsträhne zurechtstrich, bemerkte sie ein Gemälde, das auf Madames Tisch lag.

Die Frau sah von ihrer Arbeit auf. Also, Mademoiselle, erzählen Sie mir etwas über –

Isabeaus Nervosität tat ihre Wirkung. Ich sehe, Sie arbeiten am *Bettlerjungen,* sprudelte sie los. Spanisch nicht wahr von Murillo wenn ich mich recht entsinne Vorname Moment nicht sagen Bartolomé ja so heißt er ich habe schon immer sein Werk bewundert und dieses eine ganz besonders so dramatisch durch die Weise wie er das Sonnenlicht über den Jungen wirft und die Detailliertheit die er bei der Basttasche voll Obst erzielt also man kann die Garnelen förmlich schmecken und die seltsame Pose in die er den Jungen setzt sagt ja einiges aus meinen Sie nicht als ich noch klein war und anfing ins Museum zu kommen ich bin eine fleißige Besucherin wissen Sie Madame Stunden hab ich damit zugebracht mich zu fragen was er da unter seinem Hemd pulte und warum seine Füße so schmutzig waren meine Güte ich gab ihm sogar einen Namen Pedro glaub ich er ist so ein schöner Junge –

– sich, unterbrach Madame T.

Isabeau wand sich auf ihrem Hocker. Verzeihen Sie, Madame. *Hier* zu sitzen, in *diesem* Keller, ist mehr, als ich mir je hätte erträumen können. Ich bin manchmal etwas überschwänglich.

Das merke ich, sagte Madame T. Gestatten Sie mir, etwas klarzustellen, Mademoiselle. Das Problem ist, dass Sie viel zu verliebt sind. Sie sind hier, weil Ihre Eltern Ihren Namen jemandem gegenüber erwähnt haben, der den Namen Ihrer Eltern jemandem gegenüber erwähnt hat, der Ihren Namen gegenüber meinem Vorgesetzten erwähnt hat, der seinerseits erwähnte, dass ich möglicherweise eine Beschäftigung für Sie finden könnte. Also sind

Sie jetzt hier, sitzen mir im Licht und tropfen mir den Fußboden voll und sind ganz erpicht darauf, mir zu erzählen, wie sehr Sie die Gemälde in meinem Museum lieben. Dass Sie sie schon seit Ihrer frühen Kindheit kennen, bewundern und von ihnen träumen. Ich wünschte, dem wäre nicht so, aber das alles ist mir zutiefst gleichgültig. Alle, die je auf diesem Hocker saßen, beanspruchten für sich die gleiche Hingabe. Sie sind auf die Knie gefallen und haben bekannt, dass sie aber auch alles tun würden, selbst in die Seine springen, wenn es der Bewahrung und dem Schutz meiner Gemälde diente. Als ob derlei Dummheiten die Schönheit wiederherstellen könnten. Nein, Mademoiselle, ich brauche hier keine weiteren Verehrer. Was ich brauche, ist ein Putzmädchen, eine Scheuerbürste mit einem leeren Kopf und geschickten Fingern, deren innigster Wunsch es ist, nur das zu tun, was ich ihr sage. So wie es aussieht, sind Sie dieses Mädchen nicht. Und das tut mir leid.

Aber ich könnte dieses Mädchen sein, sagte Isabeau, gegen die Tränen ankämpfend und an ihrem Schal nestelnd. Bitte, Madame. Eine Chance ist alles, worum ich bitte.

Madame T sah von einem widerspenstigen Schüppchen Lack auf und schob sich die Lupenbrille in die Stirn. Über die Jahre hatte manch ein hoffnungsvoller Neuling vor ihr gesessen. Sie hatte auf mehr Porträts gestarrt, als sie zählen konnte. Sie konnte jemanden, in natura oder in Öl, mit wenig mehr als einem Blick einschätzen.

Sie betrachtete Isabeau und wartete auf diesen Moment, auf diesen stumpfen Glanz, der flüchtig über das Gesicht einer jungen Frau zog und sie als Kind reicher Eltern entlarvte, das keine Woche durchhalten würde.

Er kam nicht. Im Gezappel dieser einen war etwas, erkannte Madame. Mit Sicherheit keine Faulheit. Vielleicht war diese hier wirklich echt, vielleicht liebte dieses Mädchen die Gemälde wirklich. Madame T wusste, dass sie all die Jahre lang ihre Freunde gewesen waren – konnten sie nicht auch die dieses Mädchens sein? Ihr finsterer Blick entspannte sich.

Wie gesagt, Mademoiselle. So, wie es aussieht. Aber hier in den Kellern haben wir eine Redensart: Alles sieht anders aus.

Madame T hob Isabeaus Kinn.

Augen hoch. Sie sind im Louvre, Mademoiselle, nicht in der Métro. Sie werden nichts sehen, wenn Sie auf Ihre Schuhe starren.

Isabeaus Uniform war ein trübseliger Sack von einem Kittel, dessen Taschen sich von Zangen, Pinzetten, Schabern, Messern und Pinseln beulten. Auf ihrem Arbeitstisch hatte sie ein Sortiment von mysteriösen Emulgatoren arrangiert, jede Flasche und Dose in Linie mit der nächsten. Sie konnte Wattebäuschchen über ihre Fingerknöchel wandern lassen – steigert die Fingerfertigkeit, hatte Madame T erklärt –, so wie ein Spieler eine Münze rollen ließ, während er sich seinen nächsten Einsatz überlegte.

Den Galerien entnommen, ihrer Rahmen entkleidet und flach hingelegt, gewannen die Kunstwerke in Isabeaus Obhut eine seltsame Perspektive. An einer Wand hängend konnte das Modell den Blick des Besuchers erwidern und ihm durch den ganzen Saal folgen, aber auf ihrem Tisch verschoben sich die Blickpunkte. Schwache Kinne ragten heraus, Warzen und Sommersprossen erwachten zum Leben; Runzeln und Beulen und Narben und pockige Wangen traten in den Vordergrund. Als fänden sich die Modelle der Gemälde im Sprechzimmer ihres Arztes wieder, mit heruntergelassener Hose, ihre Socken über die Tischkante gelegt.

So lag der vierzehnte Ludwig unter einem Film von vergilbendem Staub und abblätternder Temperafarbe: Ablagerungen von Atem und Rauch und abgestandener, von einem endlosen Strom von Besuchern durchgewirbelter Luft. Dieser Lasur trotzend, trug der Sonnenkönig noch immer sein feinstes Hemd, eine Spitzenbinde, seidene Strümpfe; seine Wangen von einer Masse schwarzer Locken eingerahmt. Während eine Hand auf dem Knauf des Zepters ruhte, war die andere in die ausladende Taille gestemmt, wodurch sein Prunkmantel zurückgerafft war und ein Paar zierlicher rothackiger Schuhe offenbarte.

Am Nachbartisch saß Madame T über ein gotisches Altarbild gebeugt. Was macht Ihr Mann?, sagte sie, ohne von ihrer Arbeit aufzuschauen.

Isabeau schwebte ganz dicht über Ludwigs wohlgeformter Wade. Noch ein paar Fleckchen, und wir sind fertig, sagte sie.

Nicht der Mann, *Ihr* Mann. Ihr Sonntagsmann. Ich vermute, Sie können es nicht erwarten, nach oben zu eilen, um ihn zu sehen, stimmt's?

Isabeau ignorierte die Frage.

Offen gestanden, sagte Madame, kann ich den Reiz nicht ganz nachvollziehen. Wie er mit diesem verkrümmten Alterchen am Arm durch die Galerien schlurft. Keine zehn Gramm Muskelfleisch, die zwei zusammen. Wie sie über dieses oder jenes Bild drauflosplappern. Wie es aussieht, besitzt er nichts, was ihn auszeichnen würde.

Aber anders gesehen?, sagte Isabeau.

Da haben Sie mich erwischt. Ich gebe zu, ich habe die Wärter reden hören. Offenbar tendieren manche der empfindlicheren Besucherinnen neuerdings zu Ohnmachten.

Die Frau tunkte einen Tupfer in eine übelriechende Flüssigkeit und begann, ein Gesicht abzuwischen, das im Dreck von Golgatha wehklagte. Und damit zu dir, mein schmuddeliges Schätzchen, sagte sie.

Ein Halbkreis von Schulmädchen nestelte in einem Nebenraum der Grande Galerie an ihren Ausgehkleidern. Vor ihnen hing eine Szene am Fluss von bescheidenen Ausmaßen. Inmitten der Grün- und Blautöne von Pappeln, Flussgras und stillem Wasser zeigte das Aquarell ein Paar, das am Ufer entlangschlenderte. Sie trug ein sonnengesprenkeltes gelbes Kleid. Ihr Begleiter entbehrte jedes Details; er war lediglich eine dunkle, schattige Gestalt.

Die Lehrerin klatschte in die Hände. Die Mädchen ignorierten sie. Ihre ganze Aufmerksamkeit galt den zwei Männern, die vor dem Gemälde standen. Die beiden waren dünn und drahtig; ihre Schultern rundeten sich, als sie sich vorbeugten, um das Aquarell zu mustern. Sie trugen zerknitterte Anzüge und bestoßene Schuhe. Die Hände des jungen hielten, hinter seinem Rücken verschränkt, einen Hut mit weicher Krempe. Der ältere hielt sich zitternd am Ellbogen seines Begleiters fest.

Das Gekicher der Mädchen wurde lauter.

Der junge Mann neigte den Kopf zur Seite und ließ den Hut hinter seinem Rücken wippen. Hin und her ging sein Kopf, auf und ab klappte der Hut. Hin und wieder murmelte er etwas. Einen Augenblick später gab dann der ältere Mann immer etwas Entsprechendes zurück.

Mehr Gekicher, das sich jetzt wie epidemisch ausbreitete.

Verzweifelt drückte die Lehrerin einen Finger gegen ihre Lippen. Die resultierende Stille füllte sich mit den Stimmen der zwei Männer: eine ruhig und tief, mit einem Anflug von Lachen; die andere lauter, als höre der alte Mann schlecht.

Liebesleute, sagte der junge Mann.

Ein Herzog, sagte der Alte.

Und seine Verlobte –

Die berühmte Schauspielerin –

Sehr theatralisch.
Schlendern dahin –
Plötzlich verfinstert sich der Himmel.
Sieht nach Regen aus, sagt er.
Wie ich den Regen hasse, sagt sie –
theatralisch.
Aber mein Liebling, sagt der Herzog –
liebst du mich?
Die Schauspielerin wendet sich ab.
Das tue ich nicht, Monsieur.
Aber warum?
Ich wünsche nicht –
eine –
eine –
Herzogin zu werden!
Sie stößt ihn –
in den Fluss und –
und lacht –
und öffnet ihren Schirm.
Das Wasser –
reicht dem Herzog nur bis an die Knie –
Er wedelt mit den Armen –
als sei er am Ertrinken.
Mein süßer Herzog, sagt die Schauspielerin.
Natürlich liebe ich Sie.
Aber du hast mich gestoßen, sagt der Herzog.
Das war nur zur Übung –
sagt die Schauspielerin –
meiner Schauspielkunst,
und Sie dachten –
Sie würden ertrinken –

Sie dummer Mensch.
Der Herzog fängt an –
zu lachen.
Was ist so komisch?, sagt die Schauspielerin.
Mein Liebling, sagt der Herzog.
Ich war es, der –
der –
schauspielerte!

Der junge Mann hatte die Erzählung gestikulierend begleitet: ein Stoß, ein Lachen, die wedelnden Arme, ein weiteres Lachen. Die Schulmädchen konnten kaum an sich halten.

Die zwei Männer drehten sich um und sahen sich einem Dutzend strahlender Gesichter gegenüber, die zu ihnen aufschauten. Der junge Mann hantierte mit seinem Hut, während seine Augen suchend umherirrten, als sei es im Raum schlagartig dunkel geworden. Der alte Mann grinste nur. Da kein Fluchtweg in Sicht war, streckte der junge Mann den Arm seitlich aus und verneigte sich tief.

Eins der Mädchen schmiss die Hand in die Luft.

Monsieurmonsieurmonsieur. Wer sind sie?

Der junge Mann war noch immer steif vornübergebeugt. Wer sind wer, Mademoiselle?

Der Herzog und die Schauspielerin. Sollten wir ihnen Namen geben?

Er sah sich nach dem Bild um. Das sollten wir wohl.

Romeo und Julia, sagte das Mädchen.

Der junge Mann rieb sich das Kinn. Komische Namen für einen Herzog und eine Schauspielerin, finden Sie nicht?

Sie *waren* aber sehr komisch.

Wie Sie wünschen, Mademoiselle. Der junge Mann richtete sich auf, drückte sich den Hut auf den Kopf, verneigte sich noch einmal vor den Mädchen, drehte sich um und verneigte sich vor der Lehrerin, nahm dann den Arm des alten Mannes.

Isabeau wandte sich ab, als sie an ihr vorbeigingen. Einen Blick auf das Gesicht des jungen Mannes konnte sie erhaschen. Sie lächelte in der Hoffnung, dass er vielleicht in ihre Richtung sähe. Als sie sich ihrer selbst erinnerte, zupfte sie ihren Schal zurecht, das flüchtige Nachbild seiner grauen Augen mit ihren glücklichen Fältchen ganz klar vor sich, seine gewölbte Augenbraue noch immer so deutlich, als ob er innegehalten und sie angesehen hätte. Sie drehte sich um, nur um die zwei Männer im Gedränge der Grande Galerie verschwinden zu sehen.

Madame T sah von ihrem Altarbild nicht auf.

Ich will nichts wissen, Isabeau. Es geht mich nichts an, was Sie zu erreichen hoffen oder warum Ihr Mann jede Woche hierherkommt, oder was ihn dazu treibt, Sonntag für Sonntag denselben Anzug zu tragen. Kommen Sie mir nicht mit Ausflüchten wegen seines Hutes oder mit Nacherzählungen seiner Geschichten, die nicht das Mindeste mit unseren Schätzen zu tun haben, oder mit bemühten Erklärungsversuchen für seinen seltsamen Kumpan. Ich will nichts hören von charmant oder gutaussehend oder gescheit, und bitte sagen Sie nicht, es sei die Tatsache, dass er die Gemälde liebt, denn den Spruch habe ich schon mal gehört.

Wenn Sie es unbedingt wissen müssen, Madame, sind es seine Augen, sagte Isabeau.

Lassen Sie mich raten. Geheimnisvolle Teiche?

Vom strahlendsten Grau, Madame.

Die Feuerwehr zieht sich vom Hausdach zurück. Der Bäcker scheint in die Richtung der jungen Frau zu schauen, und seine blicklosen Augen, wie die eines in die Enge getriebenen Tieres, jagen einen Schauer durch sie hindurch. Sie wendet sich ab, zieht die Schultern hoch und macht sich klein und hart, damit sein dunkles Starren von ihr abprallt. Das klamme Gefühl der Angst, bemerkt und herausgerufen zu werden; dass jemand mit dem Finger auf sie deutet, breitet sich abwärts über ihren Rücken aus.

Der Bäcker schaut weg und geht langsam durch die Menge. Die junge Frau hört ein paar gedämpfte Stimmen.

Wenn wir irgendetwas für Sie tun können, Monsieur.

Was auch immer. Sie brauchen nur zu fragen.

Ich kann Ihnen ein paar Bücher leihen, Monsieur.

Wenn es Ihnen helfen würde, von Neuem anzufangen.

Die Frau versteckt sich in der Menge, entfernt sich vom Bäcker so weit, wie sie kann. Sie drückt sich gegen das Schaufenster.

Die Feuerwehrleute tauchen aus dem Tortenstück auf, wischen sich über die Gesichter und stecken sich ihre Zigaretten an. Der Hauptmann schnauzt, und sie verschmelzen wieder zu *einem* Wesen, das seine Schläuche aufrollt, sein Gerät verstaut, seine rußigen Fußabdrücke bedenkenlos zurücklässt.

Der Schneefall lässt langsam nach.

Ihr Arbeitstag begann vor Sonnenaufgang; die akribische Suche nach Rissen, die es aufzufüllen, Staub, den es zu entfernen, Blättchen von Farbe, die es wiederherzustellen galt. Der Rücken, Stunden am Stück über den Tisch gebeugt, tat ihr weh. Ihre Augen, die aus Angst, im dürftigen Zwielicht des Kellermorgens etwas zu übersehen, nicht blinzeln durften, brannten.

Isabeau Normande nahm ihren Mittagsimbiss am Becken in den Tuilerien ein. Ein paar Apfelscheiben, einen Happen Wurst, ein Eckchen Käse; ein Buch, ein Stuhl und ein göttlich durchgestrecktes Rückgrat.

Sie suchte sich einen der Stühle unter den Bäumen aus und zog ihn an ihre gewohnte Stelle. Während sie den Stand der Sonne zur Kenntnis nahm, drückte sie die Stuhlbeine in den Kies und nahm Platz. War es ein warmer Tag, zog sie vielleicht die Schuhe aus, rollte ihre Strümpfe ab und tauchte einen Fuß ins Wasser, um die Zehen schmerzhaft auszustrecken. Dann fing sie an zu lesen, ohne auf die Kinder zu achten, die ihre Spielzeugboote zu Wasser ließen und die Backen blähten, um die Segel zu füllen.

Kaum ein paar Seiten gelesen, schon musste sie nach einem Bleistift kramen. Dann unterstrich sie mit wohlbedachten Linien, setzte Ausrufungszeichen an die Ränder. In anderen Büchern, an anderen Tagen konnte sie ganze Absätze umkringeln, sie mit einem Gestöber von Fragezeichen markieren. Sie knickte Ecken, füllte Bundstege mit Streifen Papier, strich Seite um Seite mit riesigen Kreuzen durch oder rahmte eine Wendung oder eine Meinung ein und verband sie durch eine geschlängelte Linie mit einem anderen Kasten, den sie an den unteren Seitenrand gezeichnet hatte. Dort schrieb sie dann mit entschiedener Hand ihre eigene Ansicht zu dem Thema.

In solches Zwiegespräch vertieft, konnte Isabeau ihre Mahlzeit ganz und gar vergessen. Tage später würde Madame T von ihrem Tisch aufstehen und fragen, ob sonst noch jemand bemerkt habe, dass es nach verfaultem Obst roch.

An diesen warmen Tagen schien der Pont des Arts zum eigentlichen Stadtzentrum zu werden. Die neueste Mode spazierte hinüber und zurück – man konnte die Saison, das Jahr, anhand der Länge unbedeckter Beine, der Breite von Hüften, der Offenherzigkeit der Ausschnitte bestimmen. Liebespärchen von scheuem Naturell oder in schamlosen Umarmungen postierten sich längs der Geländer. Picknicker entrollten ihre Decken, teilten ihre Confits und schenkten ihre Weine ein. Demonstranten marschierten Schulter an Schulter, mit Spruchbändern bewaffnet, Gerechtigkeit oder Anarchie, höhere Löhne oder weniger Arbeit fordernd. Nur die Aussicht von der Brücke aus und die Anzahl von Hunden blieben unverändert.

Für Jacob Kalbs Geschmack hinterließen die Picknicker zu viele Überbleibsel ihrer Gelage, die fortgeweht wurden und einem unter die Füße gerieten. Die Demonstranten traten aus der Reihe und liefen Amok, die Hunde auseinandertreibend, die dann drohten, seine Staffelei umzurennen. Die Modebewussten taten zu viele Meinungen kund, während sie dastanden und ihm über die Schulter guckten.

Den Massen einen ordentlichen Regenguss wünschend, packte Jacob also seine Tasche und zog weiter zu den Tuilerien. Dort zeichnete er dann Porträts für diejenigen, die willens waren, nicht mehr auf und ab zu gehen, sondern einfach nur stillzusitzen oder vielleicht ein, zwei Münzen für etwas auszugeben, was sie sich ins Wohnzimmer hängen konnten.

Mit der Zeit lernte er die Stammbesucher des Gartens wiederzuerkennen. Die Falschspieler, zwei alte Männer, die jeden Donnerstagmorgen kamen, um unter der Diana-Statue ein paar Runden *Belote* zu dreschen. Der eine, der gelassen seine Pfeife schmauchte, hatte immer das Gewinnerblatt, worauf der mit der baumelnden unangezündeten Zigarette die himmlischen Mächte verfluchte und seinem Gegenspieler seine Karten hinwarf. Der Dienstag brachte die Strickerinnen: Rücken an Rücken sitzend, tratschten sie über ihre Männer wie halb so junge Frauen und produzierten einen dicken roten Fäustling nach dem anderen. Und am Sonntag die Leserin: Eine junge Frau, die allein am Wasser saß. Jacob sah ihr zu, wie sie unter den Bäumen einen Stuhl aussuchte, ihn zu der immer gleichen Stelle schleifte und die Füße auf den Beckenrand legte. Ihr Gesicht war immer von einer Haarlocke verborgen; immer in einem Buch vergraben.

Jacob hatte entschieden, dass die junge Frau eine gebürtige Pariserin war. Sie schien keinerlei Notiz von ihrer Umgebung zu nehmen, und er hatte schon genug hochmütige Zurückweisungen erlebt, um so klug zu sein, sie nicht zu fragen. Er würde weiter durch den Garten schlendern und nach jemand anders suchen, der bereit wäre, Geld für ein neues Blatt in seinem Skizzenbuch oder einen Teller Suppe für seinen Bauch auszugeben.

Nur einmal nicht. Als er der jungen Frau den Rücken zukehrte und in Richtung der Bäume losging, erinnerte sich Jacob Kalb an etwas, was der Barbar gesagt hatte. Viel früher, in der guten alten Zeit an der Akademie.

Sie übten die Wiedergabe von drapierten Stoffen: Falten, Licht und Schatten, schwereloses Volumen, Andeutungen von Körperformen unter dem Gewebe. Jacob saß mit einem Zeichenbrett auf den Knien, das mit ein paar Bögen Papier bedeckt war. Am Kopfende des Raumes lag ein Modell auf einer Chaiselongue, dessen fleischiger Männerkörper in Bahnen von Brokat gehüllt war. Er hielt die schwabbeligen Arme hinter dem Kopf verschränkt, seine halb geschlossenen Augen schweiften gelangweilt über die Zimmerdecke. Der Zeichenlehrer saß in einer Ecke und kontrollierte mit einer Taschenuhr die Zeit der Studenten.

Jacob zeichnete, radierte und überarbeitete eine Reihe von Falten an der Stelle, wo der Brokat von der Wölbung eines dicken Bauches abfiel. Neben ihm saß ein anderer Student, der, den alle den Barbaren nannten.

Deine Arbeit ist gut, *mi amigo*. Obwohl ich glaube, du bemühst dich vielleicht ein bisschen zu sehr.

Irgendetwas stimmt nicht, sagte Jacob. Anscheinend finde ich es nicht.

Vielleicht ist dieses Irgendetwas nicht du. Vielleicht ist es das, was du zu zeichnen versuchst.

Jacob warf einen Blick auf den Tisch des Barbaren. Das Blatt war leer.

Worauf wartest du?, sagte Jacob.

Auf etwas Interessantes, *mi amigo*. Der Barbar legte sein Brett beiseite und ging auf das Modell zu.

Auf Ihren Platz, Monsieur, sagte der Lehrer. Der Barbar flüsterte dem Modell etwas ins Ohr, nahm dann einen seiner Arme hinter dem Kopf hervor und legte ihn über seine Augen.

Monsieur!

Der Barbar dankte dem Modell, kehrte zu seinem Stuhl zurück und begann zu arbeiten. Vor Jacobs Augen zeichneten sich rasch die Anfänge eines Gesichts ab. Nicht die kleinste Brokatfalte erschien auf dem Papier.

Wir sollen Draperie üben, sagte Jacob.

Das weiß ich, sagte der Barbar.

Jacob stellte sich vor. Du bist der erste Mensch, der je gesagt hat, meine Arbeit sei gut.

Sie ist mit Sicherheit besser als die unseres Lehrers dort drüben. Und mit Sicherheit besser als meine. Carlos ist mein Name.

Ich dachte, du wärst *el Bárbaro,* sagte Jacob.

Für die Lehrer bin ich der Barbar. Für dich bin ich einfach Carlos, der genau wie du versucht, ein Künstler zu sein.

Du hast immer noch keinen Strich Stoff gezeichnet.

Aber was man nicht sehen kann, ist interessanter, findest du nicht? Was verborgen ist, wie sein Gesicht hier, ist für mich wie das rote Tuch für einen Stier.

Einen Stier?

Oder einen Barbaren, wie's dir lieber ist.

Jacob räusperte sich. Ein Porträt, Mademoiselle?

Isabeau überprüfte die Haarlocke, die über ihre Wange hing. Sie sah nicht auf.

Ich glaube nicht, Monsieur.

Ich könnte etwas Übung gebrauchen, sagte Jacob.

Tut mir leid, nein. Danke.

Von weitem, Mademoiselle. Ich halte Abstand, dort, unter den Bäumen, stelle ich mich auf. Ich kann zeichnen, während Sie lesen. Ich werde Sie nicht stören.

Isabeau schaute auf. Ihr Haar fiel von ihrem Gesicht zurück und legte die Andeutung eines Profils frei, die Ahnung einer Narbe. Nein, sagte sie.

Jacob hatte seit Tagen nichts gegessen. Er durfte das Mittagslicht nicht damit vergeuden, etwas anzupreisen, was keinen Käufer finden würde, aber sein Hunger trieb ihn weiter an.

Es wird Sie nur sehr wenig Zeit kosten, Mademoiselle.

Isabeaus Gesicht verhärtete sich zornig, hielt Tränen zurück.

Jacob zuckte die Achseln. Und fast gar kein Geld.

Isabeau ließ ihr Buch auf ihren Schoß sinken, als Jacob sich zum Gehen wandte. Sie sah Jacobs Kleidung an, die Lumpen, die ihm von den Schultern hingen, die ausgefransten Säume seiner Hose. Wieder berührte sie ihre Haarlocke. Einen Moment später wischte sie sich die Augen und rief ihm nach.

Also gut, Monsieur. Unter einer Bedingung.

Jacob schlug ihr vor, das Kinn zu senken. Ihre Wange wird im Schatten verborgen bleiben, Mademoiselle. Das versichere ich Ihnen. Es ist eine sehr verführerische Pose.

Isabeau setzte sich auf dem Stuhl um und senkte den Kopf. Ihr Haar fiel mit einer sanften Kurve. Jacob hob die Hand.

So. Bitte stillhalten.

Ein Auge erwiderte seinen Blick.

Er begann mit einem schlichten Oval, zur Seite geneigt. Dann eine Mittellinie. Und eine Linie für die Augen, eine für den Mund, eine weitere für die Nase. Jacob schärfte ihren Kiefer, höhlte die sichtbare Wange. Eine Seite des Ovals ließ er leer. Den Schatten würde er später ausführen.

Ein guter Anfang, Mademoiselle.

Als Nächstes Isabeaus sichtbares Auge. Dunkel und tief in die Höhle versenkt: den starren Blick des Betrachters erwidernd und glitzernd.

Während er weiterarbeitete, fragte Jacob, ob ihr Buch ihr Freude mache.

Kann ich nicht behaupten, sagte Isabeau. Es bemüht sich krampfhaft, die Kubisten zu erklären.

Diese Künstler haben eine andere Auffassung, Mademoiselle.

Isabeau hob das Gesicht. Eine schwierige, meinen Sie.

Kopf runter, bitte. Schwierig?

Verzerrt, sagte Isabeau. Nicht wiedererkennbar, undiszipliniert. Wie das Werk eines Amateurs.

Ich verstehe, Mademoiselle. Sollte ein Kunstwerk wiedererkennbar sein?

Es sollte irgendetwas ähnlich sehen.

Was meint Ihr Buch?

Isabeau blätterte und hielt bei einer Abbildung inne. Sie zeigte Jacob die Seite. Er musterte das Gemälde und wandte sich wieder seiner Arbeit zu. Isabeau las vor.

Nehmen wir einmal das Porträt der Liebe. *Hier wird der Betrachter mit einem riesigen – wie wir annehmen dürfen, weiblichen – Kopf konfrontiert, der eine Explosion von Ecken, Kanten und Texturen darstellt.*

Eine treffende Definition des Stils dieser Bewegung, Mademoiselle. Wenngleich vielleicht etwas vage. Spricht Ihr Buch auch darüber, wie die Kubisten ihre Farben einsetzen?

Isabeau las weiter vor. *Die rohen Orange und Rot und Grün erweisen sich als ein beredtes Gleichnis für die Zeremonialmasken und Kriegsschilde der Stämme –*

Sie lieben in der Tat das Primitive, sagte Jacob.

– Afrikas, eingesetzt als schlichte Flächen und geometrische Figuren, die mit dicken schwarzen Linien umrandet sind und durch ihre Anordnung ein prägnantes Abbild eines dreidimensionalen Objektes innerhalb der einengenden Flachheit von Farbe und Leinwand liefern.

Jacob lächelte. Da haben Sie es, Mademoiselle. Wir sollen alles auf einmal sehen. Die Kubisten sind dafür bekannt, dass sie nichts verstecken. Alles zur Schau stellen, was überhaupt sichtbar ist und, wichtiger noch, was nicht sichtbar ist. Was sie zu fassen versuchen, ist emotionale Schönheit, in all ihren Aspekten.

Aber ich sehe keine Schönheit hier, sagte Isabeau.

Der Titel könnte einen Hinweis liefern, sagte Jacob.

Porträt der Liebe?

Jacob hörte auf zu zeichnen. Denken Sie an den Künstler, Mademoiselle.

Ich nehme an, er hat seine Geliebte gemalt.

Warum nicht seine Leidenschaft?

Wie können wir die Emotionen eines anderen sehen?

Wir können sie uns vorstellen, sagte Jacob. Stellen Sie sich den Maler an seiner Staffelei vor, wie er sich nach der Frau, die vor ihm sitzt, verzehrt. Er verliert die Beherrschung. Er kann die Farbe gar nicht schnell genug vom Pinsel herunterbekommen. Er malt, könnte man sagen, wie ein Amateur. Er achtet nicht auf Anatomie, Perspektive, Größenverhältnisse. Was auf der Leinwand erscheint, ist für uns nicht wiederzuerkennen. Aber für ihn ist es das, was in seinem Kopf ist, in seinem Herzen, in seinem Bauch.

Aber wäre seine Inspiration nicht ihre körperliche Schönheit?, sagte Isabeau. Warum malt er nicht die? Warum gibt er sie nicht wahrheitsgetreu wieder, bis ins kleinste Detail?

Wer sagt, dass er das nicht getan hat, Mademoiselle?

Niemand will die Hässlichkeit sehen.

Ist es so hässlich, so amateurhaft, wie Sie sagen, oder einfach eine leidenschaftliche Sichtweise? Denken Sie an ein Buntglasfenster. Es ist das Werk eines Mannes, der nichts von Kunst weiß. Außerdem ist er niemals Zeuge eines Wunders gewesen, kein Engel ist je über seinem Bett erschienen, er würde Gott nicht erkennen, wenn er ihm auf der Straße entgegenkäme. Und dennoch ist sein

Herz von Glauben erfüllt. Dieses Etwas, das er nicht sehen kann, diese Passion, befeuert seine Vorstellungskraft und führt seinen Glasschneider.

Und wir schauen vermutlich von unseren Kirchenbänken auf und sehen das Paradies, sagte Isabeau.

Oder das Wiedererkennbare, Mademoiselle.

Jacob wischte Krümel von Radiergummi weg. Er machte Anstalten, sein Skizzenbuch umzudrehen und sein Werk zu zeigen. Isabeau hob die Hand und schaute weg. Danke für das Gespräch, sagte sie.

Sie reichte ihm ein paar Münzen. Bitte behalten Sie die Zeichnung, Monsieur. Ich weiß, wie ich aussehe.

Widerwillig beginnt die Menge sich aufzulösen.

Der Ärmste wird im Keller schlafen müssen, sagt jemand.

Wenigstens hat die Bäckerei nichts abbekommen, erwidert jemand. Wir werden weiterhin unser Brot bekommen.

Sein Vater hat einen guten Teil im Keller geschlafen, nach dem Krieg und so.

Der Apfel fällt nicht weit.

Er ist stark, unser Mann. Im Handumdrehen steht der wieder an den Öfen.

Der Feiertag wird ihn aufmuntern.

Er wird uns alle aufmuntern.

Mitte der Woche werden die Frauen des Viertels Bauch an Bauch tanzen; ein Savoy-Swing ist der letzte Schrei des Sommers. Ihre Männer werden auf das Wohl ihrer Fahrradgötter und ihrer Varietéschönheiten trinken und sich heiser singen. Ihre Kinder werden Handstände und Balanciertricks vorführen, unheimliche Grimassen ziehen und mitten durch die Tänzerinnen Rollschuh fahren.

Am Abend werden die Girlanden bis zur Straße durchhängen, die Glühbirnen flackernd angehen, um in der allgemeinen Begeisterung durchzubrennen. Zu Füßen der tropfenden Ruinen des

Tortenstücks wird es mehr Tanz geben, mehr Träume davon, auf den letzten fünfzig Metern vom Hauptfeld auszubrechen und die Tour zu gewinnen, mehr Phantasien von verführerischen Hüften und festen Brüsten, von denen jede Rundung und Knospe durch weiche Federn und kleine japanische Fächer hindurch auf der Bühne offenbart werden.

Der alte Mann mit den dicken Brillengläsern wird vielleicht mit dem Bäcker vor der Boulangerie Notre-Dame sitzen und das Fest als Zaungast mitverfolgen. Sie werden vielleicht gemeinsam ein Gläschen Wein trinken oder den Wiederaufbau einer Bibliothek besprechen. Möglich, dass der Fuß des Bäckers unbewusst im Takt der Musik wippen wird.

Wenn Fortuna dieser Ecke des 8. Arrondissements wohlgesonnen ist, wird so ihr Feiertag verlaufen. Der Tag des Sturms auf die Bastille 1938.

Jacob öffnete sein Skizzenbuch.

Ein Mann mit einem akkuraten Spitzbart, in der Kluft eines Fabrikarbeiters aus der *banlieue,* mitten im Gehen eingefangen, während er an einer Hundeleine zieht. Sein »Hund« – ein schlachtreif gemästetes Kaninchen mit auf dem Boden schleifenden Ohren, sich eingrabenden Füßen – stemmt am anderen Ende, während das Gespann unter den Bäumen eine Runde dreht. Die Zeichnung ist akribisch detailliert: eine ruhige Hand am Werk. Man hätte dem störrischen Tier einzelne Haare aus dem Schwanz zupfen können.

Eine grob geschminkte Frau lehnt sich gegen einen Laternenmast und spielt etwas auf ihrem Akkordeon. Ein gutgekleideter Mann, Arme und Beine in einer Tanzpose erstarrt, bückt sich, um eine Münze in die Tasse zu ihren Füßen fallen zu lassen. Auf den ersten Blick könnte man meinen, seine Glieder wären ihm ausgerenkt worden. Bei näherem Hinsehen erkennt man eine anmutige Linie von der Schulter bis zur Fingerspitze, als könnte er früher einmal im Scheinwerferlicht gestanden haben, eine Hand über den Augen beim Versuch, die Logen zu sehen, während das Publikum nach mehr verlangt.

Auf einer Bank ein Mädchen mit einem Kranz von Frühlingsblumen im Haar. Sie bindet Schleifen um kleine Sträuße. Die Körbe neben ihr sind voller Lavendel. Das handgeschriebene Schild um ihren Nacken erklärt: *Ein duftendes Bouquet macht das Zuhause wohnlich.* Die Biegung der Schleife wird in der endgültigen Zeichnung genauer herausgearbeitet werden müssen.

Ein Schwarzer, das pomadisierte Haar scharf gescheitelt, trägt die abgewetzten Überbleibsel eines Smokings. Er sitzt auf einem Kinderstuhl, auf den Knien ein Brett, das so bemalt ist, dass es wie eine Klaviertastatur aussieht. Die Zeichnung hat den Augenblick festgehalten, in dem der Bursche seine langen Finger über den Tasten schweben lässt, auf den Taktstock des Dirigenten wartend, bereit, mit einem dramatisch gebrochenen Akkord in den tiefen Lagen einzusetzen.

Drei orientalische Herren in drei Zylindern und drei Fräcken, mit drei Blumen an drei Revers, konferieren in der Nähe des verzierten Eingangs des Jardins. Zwei von ihnen recken ihre Spazierstöcke in entgegengesetzte Richtungen; der dritte zieht einen Stadtplan zu Rate. Eine großzügige Strichführung mit weichem Bleistift gibt, in Verbindung mit radierten Glanzlichtern, die seidenen Hutbänder so realistisch wieder, dass die Zeichnung für eine Fotografie durchgehen könnte.

Ein Junge in kurzer Hose, blankgeputzten Stiefeln und Strohhut kauert auf dem Rand des Beckens. Er hält ein Segelschiff in den Armen, so lang wie er groß ist. Die Hauptmast-Trikolore flattert in einer unsichtbaren Brise. Der Junge mustert den Betrachter aus der Deckung seiner Kapitänsmütze. Seine Augen sind selbstsicher, sein Grinsen stolz, seine Sommersprossen reichlich.

Ein Parkwächter des Tuileriengartens lehnt sich gegen den Sockel einer Statue, während er seine Nachmittagszigarette ansteckt. Sein Rechen lehnt neben ihm. Theseus und der Minotaurus sind eine anspruchsvolle Bleistiftstudie gespannter Muskeln und sicheren Todes. Die beiden ignorieren den Wächter und die Rauchwolke um dessen Kopf, während sie, hoch über ihm, miteinander ringen.

Jacob Kalb klappte sein Buch zu, im Mund noch den Nachgeschmack eines phantasierten Kaninchenbratens. Die Arbeit einer weiteren Woche. Es gab keine Käufer.

Dichter Nebel belagerte den Fluss. Wer an den Bücherständen vorbeikam, das Kinn in den Kragen versenkt, war anderswohin unterwegs.

Irgendwohin, wo es warm und trocken ist, dachte Henri Fournier. Er rutschte auf seinem Hocker herum, raffte den Mantel seines Vaters um seine Schultern und sah den Kai rauf und runter. Er zog das Buch seines Großvaters aus dem Stand.

Verschwommen und verloren, Henri.

Henri legte das Buch auf den Bürgersteig.

Links auf dem Verso, rechts auf dem Recto.

Und stellte auf jede Seite einen Fuß.

Behutsam, Henri. Jetzt so schwerelos wie Federn.

Henri schob die Ärmel zu den Ellbogen hinauf, breitete die Arme aus, wandte das Gesicht zum Himmel und schloss die Augen.

Er sah sich auf Eiern gehen, die Zehen um die kühlen weißen Schalen schmiegen. Die Eier lösten sich in Sand auf. Er war am Meeresufer, die Wellen höhlten den Sand unter seinen Füßen, sodass diese im warmen Schlamm versanken. Eine weitere Welle kam das Ufer herauf und umschloss seine Knöchel. Er hörte das Krächzen einer Stimme. Verzeihen Sie, sagte sie. Er sah hinunter, sah den Schlick davongleiten, seinen Griff lockern, bereit, ihn in die Luft zu entlassen. Die Stimme hustete.

Verzeihen Sie, Monsieur.

Henri öffnete ein Auge. Dunkle blutunterlaufene Augen, in runzligen Höhlen versunken, starrten ihm entgegen.

Ja?, sagte Henri.

Ich bitte um Entschuldigung, Monsieur.

Da fiel es Henri ein. Sie sind der Maler, nicht? Von der Brücke.

Jacob streckte eine zitternde Hand aus. Kalb mein Name, sagte er. Und ja, die Brücke ist schon seit einer Weile mein Zuhause.

Es gibt schlimmere Orte, schätze ich mal, sagte Henri. Kann ich Sie für etwas interessieren? Mein Bestand ist ein wenig veraltet, muss ich leider gestehen, aber ich glaube, ein, zwei Titel könnte ich schon empfehlen.

Ich bin momentan etwas knapp bei Kasse, sagte Jacob. Tatsächlich hatte ich gehofft, ich könnte Ihnen etwas verkaufen.

Aber das ist *mein* Metier, Monsieur Kalb. Verkaufen, Sie verstehen.

Und wie laufen die Geschäfte?, sagte Jacob mit dem Versuch eines Lächelns.

Henri hob eine Augenbraue. Könnten besser laufen. Und Ihre? Kunst geht gut, nicht?

Ich mache vor allem Porträts. Für die Leute in den Tuilerien. Ich komme auf ein paar Münzen ab und an.

Henri meinte, etwas Fauliges zu riechen. Er ließ den Blick über Jacobs Kleidung gleiten. Ich verstehe, sagte er.

Aber in letzter Zeit habe ich zu meinem eigenen Vergnügen gearbeitet, sagte Jacob. Um die Eintönigkeit dieser dauernden Gesichter zu unterbrechen, Sie verstehen.

Vollkommen, sagte Henri. Er erkannte eine Lüge, wenn er eine hörte. Er nahm an, dass seit einiger Zeit kein Gesicht bereit gewesen war, ihm Modell zu sitzen.

Ich habe mich gefragt, ob Sie daran interessiert wären, die Bilder zu verkaufen, sagte Jacob.

Leider, Monsieur, bin ich nicht im Kunstgeschäft.

Ob die Damen auf Ihren Postkarten das vielleicht anders sähen, Monsieur –?

Fournier. Buchhändler seit Anbeginn der Zeiten.

Jacob begann, in der Tasche zu seinen Füßen zu kramen. Henri wusste, was gleich kommen würde. Er schämte sich für den Mann, aber er wollte ihn nicht beleidigen.

Monsieur Kalb, bitte.

Nennen Sie mich Jacob.

Monsieur Kalb, ich bin ein einfacher Buchhändler. Einmal alle Jubeljahre, ja, da schaffe ich es, eine Postkarte zu verkaufen.

Wenn Sie der Meinung sind, dass meine Arbeiten wertlos sind, Monsieur Fournier –

Henri, bitte.

– kann ich weitergehen und es an einem anderen Stand versuchen. Aber ich bezweifle, dass ich einen finden würde, der in einem so bemerkenswerten Grünton gestrichen ist.

Die anderen würden Sie übers Ohr hauen, sagte Henri.

Dann bin ich ja hier genau richtig, sagte Jacob.

Henri zögerte. Na gut. Einen Blick.

Jacob zog sein Skizzenbuch aus der Reisetasche. Er entnahm die Zeichnung von dem Jungen mit dem Segelschiff.

Eine ehrliche Meinung, mehr verlange ich nicht, sagte er.

Henri hielt sie vor sich hin und fragte sich, ob eine solche Meinung erfordern würde, dass er den Kopf schief hielt oder sich das Kinn rieb, oder beides.

Jeden Tag konnte er von seinem Hocker aus den Louvre sehen. Doch der Gedanke, den Stand für einen Nachmittag abzuschließen und tatsächlich ins Museum zu gehen, war ihm nie in den Sinn gekommen. Er war Alleininhaber eines Bücherstandes;

für irgendetwas anderes fehlte die Zeit. Von Kunst hatte er keine Ahnung, nicht die leiseste. Wovon er eine Ahnung hatte, war das Leben auf dem Kai: Bücher an Leute verkaufen, die sie nicht haben wollten, zuschauen, wie jeden Tag Obdachlose unter dem Pont des Arts hervorkrochen, sich wünschen, er wäre nicht als ein Fournier auf die Welt gekommen.

Jacob schlug eine Vereinbarung vor. Sie würden sich die Einnahmen teilen. Wenn seine Arbeit nach einem Monat noch immer am Bücherstand hing, würde er sie wieder in sein Skizzenbuch legen und weiterziehen.

Henri musterte die Zeichnung eingehend. Im Auge des kleinen Seemanns war ein Funkeln, wiedergegeben durch einen winzigen weißen Punkt. Er schüttelte Jacobs Hand.

Wir sind im Geschäft, mein Freund. Einen Monat. Wie nennen Sie das Stück?

Der Junge behauptete, er wäre ein Admiral, sagte Jacob.

Die Geschäftspartner – Jacob an seiner Stelle auf der Brücke, Henri auf seinem Hocker – grüßten einander von da an mit einem sparsamen Winken, einem Achselzucken und einem Vielleicht-klappt's-ja-morgen-Kopfschütteln. Der Admiral schaffte es, ein paar Passanten zum Stehen zu bringen, aber keiner griff in die Tasche oder kramte in seinem Portemonnaie.

Eines Tages, nach Wochen grauen Himmels, war die Brücke mit einem Mal fast unpassierbar vor Leuten, die etwas Sonne und Wärme genießen wollten. Henri sah, wie Jacob seine Staffelei und Reisetasche zusammenpackte und sich in Richtung Tuilerien aufmachte.

Als Henri an dem Abend den Stand abschloss, wurde ihm bewusst, dass Jacob nicht zurückgekehrt war.

Tage vergingen ohne ein Lebenszeichen des Malers.

Henris Augen fielen langsam zu, sein Kopf kippte seitlich weg. Er fing sich gerade noch, als er fast vom Hocker fiel Als er das Gleichgewicht wiedergefunden hatte, stand Jacob vor ihm, ein zusammengerolltes Blatt Papier unter dem Arm.

Ich dachte langsam schon, Sie hätten sich eine andere Brücke gesucht, sagte Henri. Wo waren Sie?

Jacob schaute die Uferpromenade hinauf und hinunter, als sei er aus einem Albtraum erwacht und wisse nicht, wo er sei.

Arbeiten, sagte er. Er reichte Henri das Blatt. Ich hab gearbeitet – versucht – zu essen.

Henri hatte noch nie jemand so Blasses und so Abgezehrtes gesehen. Er meinte, die Stimme seines Freundes habe sich verändert. Da war ein Stocken, ein Stottern. Er begriff, dass Jacob Mühe hatte, Worte zu finden.

Sie haben *wirklich* was geschafft, sagte Henri.

Er hielt das Blatt von sich ab. Es war das Gesicht einer jungen Frau, eine Seite von Haaren verdeckt, das sichtbare Auge erwiderte den Blick des Buchhändlers.

Sie kommt mir bekannt vor, sagte Henri, der jetzt über den Rand der Zeichnung weg guckte. Habe ich sie schon mal gesehen?

– eine Kundin – Ihnen?, nuschelte Jacob.

Ich glaube nicht, sagte Henri. Nein, warten Sie. Ich weiß, woher.

Henri händigte Jacob das Porträt wieder aus und strich mit der Hand über die Reihe von Büchern in dem Stand.

Hier ist es, sagte er und zog ein Buch mit Mythen des klassischen Altertums heraus. Er blätterte darin vor und zurück. Ja, ich hatte recht. Sehen Sie hier? Fortuna, die Glücksgöttin.

Jacob sah in das Buch, dann auf seine Zeichnung. Er schwankte auf den Füßen, hielt sich am Stand fest.

Wann haben Sie zuletzt etwas gegessen?, sagte Henri.

Henri heftete Fortuna neben den Admiral, nachdem er die Ecken ihres Blattes sorgsam glattgestrichen hatte. Er griff in den Stand, holte eine Metallschachtel heraus, reichte Jacob ein paar Francs.

Als Vorschuss, sagte er.

Die Menge hat sich entfernt. Die junge Frau steht allein vor dem dunklen Schaufenster der Bäckerei.

Durch ihr Spiegelbild hindurch sieht sie zunächst nur Formen und Umrisse: eine Vitrine, ein Monstrum von einer Registrierkasse, leere Weidenkörbe. Sie hält die Hände wie Scheuklappen und drückt die Nase gegen das Glas. Während sich ihre Augen an das Dämmerlicht drinnen gewöhnen, malt sie sich aus, wie die Bäckerei früher ausgesehen haben könnte. Die vollbusige Frau mit ihrem Armvoll Weizen, die Cherubim und ihre Tabletts voll Pains au chocolat, der lachende Bäcker, sie alle würden auf einen Morgen voll drängelnder Kunden herabschauen. Den Duft kann sie sich nur vorstellen.

Die Straße ist jetzt still, abgesehen von der dünnen Schicht Asche leer, und doch spürt die junge Frau noch etwas anderes. Als ob sie in ein verdunkeltes Zimmer getreten wäre und ein Atemgeräusch hörte. Sie bringt es nicht fertig, sich umzudrehen.

Dass er kommen würde, war unvermeidlich, aber bei Émile Notre-Dame sollte er sich Zeit lassen. Der Tod würde nicht rasch und gnädig eintreten. Seine Erinnerungen würden ihren unsichtbaren Tribut einfordern. Was er gespürt hatte: die Nässe und Kälte des Schlamms, der ihn in den Schützengraben zurückzog, das Stolpern, den Sturz in blindes Entsetzen, als er es endlich geschafft hatte, herauszuklettern und loszulaufen. Was er gesehen hatte: seine Freunde, die in die entgegengesetzte Richtung liefen, in den Metallhagel, der vom Himmel herabprasselte, liefen, bis der Erdboden sie verschlang. Was er gehört hatte: die abklingenden Schreie ihrer Angst, als er im Morgennebel verschwand.

Ihre Sonntagsspaziergänge setzten sich fort. Bei jedem Wetter, zu jeder Jahreszeit. Émiles und Octavios Ausflüge wurden für das ganze Viertel zu etwas Gewohntem, so selbstverständlich wie die Tatsache, dass die Sonne im Osten aufging. So selbstverständlich, dass die Kunden montags nicht mehr fragten, ob Vater und Sohn am Vortag im Louvre etwas Neues gesehen hatten oder ob sie heute eine neue Geschichte zum Besten geben würden.

Und niemand, ausgenommen Grenelle der Blinde und Madame Lafrouche, bemerkte etwas, als Émile begann, vollends dahinzuschwinden, sein Gesicht sich zu einer Höhlung vertiefte, seine einst behänden Finger sich zu sperrigen Fäusten krümmten.

In diesen letzten Wochen hätte der alte Uhrmacher Octavio gern daran erinnert, dass er auf eigenen Füßen stehen konnte, dass sein Vater ihm ein guter Lehrmeister gewesen war. Madame Lafrouche wünschte, sie könnte einen Weg finden, ihm zu sagen, dass die Geschichten seines Vaters weiterleben würden. Doch beide spürten, dass Octavio derlei nicht hören wollte. Er wollte weiterhin seines Vaters Sohn sein.

Die Spaziergänge wurden kürzer und hörten praktisch auf. Die Sonntagsgeschichten zergingen zu einigen wenigen hingeworfenen Worten, verstummten schließlich ganz.

Eines Abends, nachdem er abgeschlossen hatte, fand Octavio seinen Vater im Keller, auf dem Tisch liegend, die Hände endlich entkrampft und auf seiner Brust ruhend.

Octavio blieb, beim Knacken der Öfen in der Dunkelheit, die ganze Nacht auf und hielt Wache beim dünnsten Bäcker von Paris. Er stellte sich vor, der Marmortisch unternehme eine letzte Reise. Seinem Vater hätte eine Rückfahrt über ein von Haien und Meerjungfrauen wimmelndes Meer und eine Braut, die in einem toskanischen Steinbruch wartete, um ihn mit Himbeertörtchen willkommen zu heißen, gefallen – ein Genuss nach einer so langen Seereise.

Beim ersten Anzeichen des Sonnenaufgangs drehte Octavio das Schild im Schaufenster des Bäckerladens um. WIR HABEN LEIDER GESCHLOSSEN. BITTE VERSUCHEN SIE ES SPÄTER NOCH EINMAL.

Den Bestattern kam es so vor, als stünde das halbe 3. Arrondissement am Grab, als sie Émile in die Erde versenkten.

Grenelle schlug die Familienbibel auf. Die Augen hinter seinen Brillengläsern zusammenkneifend, las er in einem unbeholfenen Italienisch eine Passage vor, man solle sein Brot übers Wasser schicken. Inmitten der Trauergemeinde brummelte einer der Totengräber in sich hinein. Sind wir auch sicher, dass überhaupt jemand da drinnen ist?, sagte er. Ich hab in meinem Leben schon schwerere Särge gesetzt.

Als die Zeremonie zu Ende war, lud Grenelle alle zur Bäckerei ein. Um unsere Augen zu trocknen, sagte er, und ein Glas zu erheben auf den Mann, der uns all die Jahre lang das Frühstück gesichert hat. Octavio sagte, er würde bald nachkommen. Da es anfing zu regnen, stellte er sich unter einer großen Platane unter, die grün von aufbrechenden Frühlingsknospen war.

Er erinnerte sich an die Spaziergänge mit seinem Vater. Er trat wieder in den Regen, richtete die Blumen auf dem frisch aufgeworfenen Grabhügel und wandte sich in Richtung der Bäume in den Tuilerien.

Während er die Gartenpromenade am Fluss entlangging, hörte Octavio hinter sich eine raue Stimme.

Le Drop mein Name, Monsieur.

Der kleine Mann hockte auf einem Kinderstuhl. Er trug die Überreste eines Smokings, die ausgefransten Enden seiner Hosenbeine durch gezogene Fäden um seine Schuhe gerafft. Lange Finger lugten aus den Ärmeln seines Jacketts hervor. Ein mit Klaviertasten bemaltes Brett balancierte auf seinen Knien. Er neigte den Kopf und berührte mit einer zitternden Hand den Schirm einer unsichtbaren Kappe.

Alle Musikwünsche werden prompt erfüllt, Monsieur. Schmissige Melodien und wundersame Geschichten, auf Abruf bereit.

Le Drop schob sich die Ärmel bis an die Ellbogen hoch, verschränkte die Hände und streckte die Arme vor sich aus. Er ließ seine Finger auf den gemalten Tasten hin- und hertanzen. Als seine Hände vom Ende des Holzes wegsprangen, bemerkte Octavio, dass ihr Zittern verschwunden war. Spielen Sie Ihr bestes Lied, sagte er.

Wie es sich trifft, kenne ich genau ein solches Stück, sagte Le Drop. Er begann mit einem beidhändigen Akkord, die Daumen lang und dünn nach den Oktaven ausgestreckt. Er spielte, während er erzählte.

Kam '18 rüber, als einer der Jungs aus Harlem. Höllenkämpfer hieß man uns, scharf wie Messer. Scharf darauf, unser Ding durchzuziehen, vielleicht mit den Fritzen ein Tänzchen zu wagen. Aber die Generäle meinten, unser Ding sei die Musik. Verfrachteten uns als Orchester übern Teich, meine Aufgabe war das Akkordeon. Wir kommen also an in eurer schönen Stadt und marschieren die Champs rauf und runter, sahen flott aus, spielten hart. Hart wie ein neues Paar Schuhe. Zapfenstreiche, Kirchenlieder, den Ragtime, wenn die Stimmung gut war. Die Leute liebten uns jazzige Jungs. Aber kämpfen taten nur die Weißen, und wir wollten das auch. Schafft uns an die Front, sagten wir, lasst uns auch mal tanzen. Also sagten die Lamettakerls, na, wenn's euch juckt, dann wollen wir euch gerne kratzen. Und sie verlegten uns ans scharfe Ende. Jetzt könnt ihr mit den Fritzen tanzen, sagten sie.

Le Drop legte eine Pause ein, die Finger auf den mittleren Tasten.

Ich schätze mal, du warst zu jung, mein Junge, für das ganze Brimborium.

Octavio nickte. Aber mein Vater war an der Front. Hat allerdings nie darüber geredet.

Was mich nicht wundert, sagte Le Drop, und seine Finger wanderten durch die hohen Töne. Da gibt es nicht viel zu erzählen.

Eine dreckige Meile nach der andern war's, nur Stümpfe, Matsch und Knochen. Aber wir waren bereit, es den Fritzen mit gleicher Münze heimzuzahlen.

Eine rechtshändige Sequenz, die schwarzen Tasten sanft berührt, mit einem Fuß die unsichtbare Pedale tretend.

Wie war er für Sie?, sagte Octavio. Der Krieg.

Le Drop beugte sich tief über die Tastatur. Anders als für Ihren Vater, wenn er Glück gehabt hat. Wir buddelten 'ne Menge Schützengräben. Planschende Ratten und eisiges Wasser. Harte Arbeit war's. Negerarbeit. Macht euer Ding, sagten die Generäle. Also waren wir eines Morgens am Schaufeln, und die Fritzen fingen an, Granaten auf uns zu schmeißen. Vielleicht zielten die auf jemand anderen, aber bei dem zerbombten Gelände und der Front, die zick, und dem Stacheldraht, der zack machte, und dem Ungeziefer und den Leichen und allem, da gingen den Fritzen langsam die Ziele aus. Aber die schmissen einfach weiter. Und jaulen taten die Granaten, flogen durch die Luft wie Katzen, die man vom Fenstersims geschubst hat.

Le Drops Handgelenke überkreuzten sich, Hand über Hand kletterte er die mittleren Tasten hinauf. Tränen rannen über Octavios Gesicht. Er sah seinen Vater im Keller eines zerbombten Hauses kauern, Mäuse über schimmlige Brote huschen. Le Drop spielte weiter.

Eigen, wie ich bin, lass ich mich lieber blöder Affe nennen als mir 'nen deutschen Kurzhaarschnitt bis runter zu den Schultern verpassen, wenn also diese Katzen zu jaulen begannen, *droppte* ich mich, also ich schmiss mich längelang hin und vergrub die Visage im Dreck. Der Sergeant meinte, so was Komisches hätte er noch nie gesehen. Nannte mich den Schoko-Drop. He, Drop, sagte er immer, hörst du die Katze? Nur, um mich springen zu sehen. Ich hörte zwar nix, kam aber trotzdem mit einem Maul voll

Schlamm wieder hoch. Er war höchst unerfreulich, dieser Sergeant. Aus Baton Rouge, soweit ich mich erinner. Spielte alles in Moll, trauriges Zeug. Wie ich ihn und seine Tröte zum letzten Mal sah, waren sie beide auf dem Weg nach Haus. Aber ein bisschen was hat er den Fritzen dagelassen. Ich könnte nicht sagen, wie stark sich der Verlust dieses Arms auf sein Spiel ausgewirkt hat. Nicht allzu sehr, würd ich annehmen. Wie gesagt, wir waren hart. Hart wie neue Schuhe.

Seine Finger spreizten sich weit auseinander, Le Drop hämmerte kräftige Akkorde.

Mein Vater hatte auch einen Spitznamen, sagte Octavio. Die Leute nannten ihn den dünnsten Bäcker von Paris.

Ein schöner, sicherlich redlich verdienter Name, sagte Le Drop, um dann fortzufahren.

Die Granaten waren hartnäckig, aber ich schaffte es trotzdem, alle meine Arme und Beine zu behalten. Mit dem Gas war es allerdings eine andere Sache. Kein Loch war so tief, dass Le Drop unter dieser kriechenden gelben Scheiße weggekommen wäre, wenn Sie den Ausdruck verzeihen. Und so kam ich mit diesen weinerlichen Augen zurück. Nun ist die Nachfrage nach Pianisten, die keine Noten lesen können, ziemlich begrenzt, aber diese Stadt weiß, wie sie jemand von meiner Couleur zu behandeln hat. Als die Fritzen also endlich den Heimweg antraten, habe ich genau hier, wo Sie mich sehen, Wurzeln geschlagen. Bin seitdem so ziemlich jeden Tag hier gewesen. Alle Musikwünsche werden prompt erfüllt.

Le Drop ließ einen letzten Ton lang ausklingen, einen Finger weit unten in den tiefen Tasten.

Er ist zurückgekommen, sagte Octavio.

Le Drop lächelte. Wie gesagt, ein echter Glückspilz. Wie war sein richtiger Name?

Octavio nannte ihn mit zugeschnürter Kehle.

Es ist gut, sich an den *richtigen* Menschen zu erinnern, sagte Le Drop. Mein richtiger Name ist Walker, falls es Sie interessiert. Abraham L. Walker, zu Ihren Diensten. Mutter nannte mich nach dem großen Befreier, aber sie und Mr Lincoln sind schon lang hinüber, deswegen bezweifle ich, dass sie den neuen Namen bemerken würde. Aber gefallen hätte er ihr. Der ist gut, würde sie sagen. Mein Junge Le Drop. Ein schöner, redlich verdienter Name.

Sie saßen und schauten dem Verkehr auf dem Fluss zu und tauschten Geschichten aus über Absteigen und Kaschemmen und Tanztempel mit Fußböden wie poliertes Glas, Hallen, die tausend Leute hätten fassen können.

Alles am Schlackern, sagte Le Drop. Wie wenn allesamt auf einem einzigen Paar Beine getanzt hätten.

Über die richtige Menge Butter, die in den Croissantteig hineinkam.

So viel, dass einem vom bloßen Drandenken das Wasser im Mund zusammenläuft, sagte Octavio. Und man für eine ganze Woche satt ist.

Über Revue-Frauen und japanische Fächer.

So schön diese Mädchen, dass die regelrecht strahlten, sagte Le Drop. Ich schwöre, man musste sich die Hand vor die Augen halten.

Über das perfekte Baguette.

Man muss dagegen klopfen, sagte Octavio. Mit der Seite des Daumens gegen die Unterseite der Stange. Mein Vater nannte das Bäckereimusik.

Ihr Vater klingt wie ein feiner Kerl, sagte Le Drop.

Mir fehlen seine Geschichten, sagte Octavio.

Es war bestimmt schön, ihm zuzuhören.

Er liebte seine Zeitung. Jeden Sonntag. Wir guckten uns die Bilder an. Als ich älter wurde, sind wir immer ins Museum gegangen.

Musik und Bilder, sagte Le Drop. Passen die nicht prima zusammen, sie holen aus Menschen das Beste heraus. Haben Sie beide auch je etwas gelesen, oder waren die ganzen Geschichten von den Bildern ausgedacht? Meine Augen sind vielleicht nicht mehr das, was sie mal waren, aber es gab eine Zeit, da habe ich alles gelesen, was ich in die Finger bekam. In Harlem, wenn man da einen guten Song wollte, brauchte man eine gute Geschichte.

Ich habe ein Buch, sagte Octavio.

Nur eins? Sind Sie sicher, dass eins genug ist? Junger Mann, Sie kommen mir wie die Sorte Mann vor, der ein ganzes Regal voll gut zu nutzen wüsste.

Octavio trat auf den Pont des Arts. Der Regen hatte aufgehört. Wären die Menschenmassen nicht gewesen, hätte ihm ein Maler auffallen können, der, nicht ganz in der Mitte der Brücke, an seiner Staffelei arbeitete. Er hätte stehenbleiben und hinter dem Künstler, in diskretem Abstand, Posten beziehen können und die Hände hinter dem Rücken verschränken, während er die Leinwand auf der Staffelei betrachtete. Er hätte an seinen Vater denken und ein, zwei Worte flüstern können, um ihr Spiel in Gang zu bringen.

Stattdessen drängte er sich durch die Menschenmassen bis zum Ende der Brücke und bog in Richtung der Buchhändler ab.

An der hinteren Wand der Bäckerei, über der Kellertür, hängt ein schlicht gerahmtes Bleistiftporträt. Die Zeichnung erinnert die junge Frau an die Alten Meister: an ihren Dürer, ihren David, eine Spur von ihrem Ingres. Sie erkennt das Gleichgewicht von Hell und Dunkel wieder, eine Seite lebendig von Konturen, die andere in dichte Schattierung gehüllt; der Aufwärtsschwung des einen Mundwinkels, das harte Glitzern in dem einen Auge, das auf den Betrachter zurückblickt; die anmutige Linie von Weiß in ihrem Haar.

Plötzlich ist das Gefühl, auf der Straße nicht allein zu sein, verschwunden. Sie kennt dieses Gesicht.

Die Zeugnisse des Krieges blieben noch lange, nachdem seine Schlachten geendet hatten, im Stand der Fourniers. Zwischen den an die Vorderseite des Standes gehefteten Zeitungsausschnitten waren einige aus schwarzen Tagen, die mittlerweile zwanzig Jahre zurücklagen.

Einer zeigte die Darstellung eines einsamen Grabs auf einem Feld. Ein paar Schafe rupften an den Halmen von jungem Gras und den Feldblumen, die den glatten Grabhügel umgaben. Auf der Abbildung war die Sonne hell und hoch, der Himmel von einem blassen, friedvollen Blau. Das Grab war markiert: Eine kleine Trikolore ringelte sich träge, während ein – aus groben Latten gezimmertes, leicht windschiefes – weißes Kreuz aus dem Hügel aufragte. Ein Kranz von Klatschmohnblüten hing vom Kreuz herab. Zwischen vier mehrfach gedrehten Eisenstangen gespannter, rostiger Stacheldraht schützte das Grab. Über den Schafen prangte ein verschnörkeltes Spruchband am Himmel.

In einen schweren Mantel eingemummt, saß Henri Fournier krumm auf seinem Hocker, drehte die Titelseite um und las die Schlagzeilen. Alle paar Minuten drückte er seine Brille gegen die Nasenwurzel. Er bemerkte den Mann nicht, der – in einem für seine schmale Gestalt zu großen Anzug, mit nervösen Händen seinen Hut knetend – nicht weit von ihm stand.

SIEG! UNSERE HELDEN HEIMGEKEHRT!

Es war das Wort, das im Telegramm gestanden hatte. Unteroffizier Mabillon war nicht verwundet, er war nicht getötet worden; er war weder Held noch heimgekehrt. Er war *verschollen*. Das Kriegsministerium hätte ebenso gut sagen können, dass Henris Freund wie ein verträumter Schuljunge davongeschlendert war; dass in diesem Augenblick noch jemand auf der Suche nach ihm war. Dass der Korporal, wenn er so gescheit gewesen war, sich an die Front zu schwindeln, sich jetzt, durch die Erfahrung noch klüger geworden, einfach nach Hause schwindeln könnte.

DEN LETZTEN STREICH FÜHRT DIE NATUR!

Als der Krieg endete, war die Spanische Grippe an der Reihe gewesen. Andere Freunde verschwanden auf eine Weise, auf die nicht einmal die Armee auch nur im Traum gekommen wäre.

Nein, hatte der Arzt Henri gesagt, der Influenza können wir die Schuld nicht geben. Ihr Großvater und Ihr Vater wurden Opfer des Flusses. Zwei ganze Leben in der Feuchtigkeit am Ufer; die kriechende Kälte fand zuletzt den Weg in ihre Lungen.

Verschollen. Henri erinnerte sich an das runde Loch des Mundes, als der Arzt das Wort aussprach.

Henris Mutter kam nie wieder zu dem Bücherstand. Sie verfluchte ihren einzigen Sohn, war sicher, dass der grüne Kasten am Fluss zu seinem Sarg werden würde, und hatte nicht vor, auch nur eine Minute länger zu bleiben und seinem Selbstmord zuzusehen. Sie war zu einer Tante in den Süden gezogen. Als sie in den Zug einstieg, hatte Henri zu ihr gesagt, sein Großvater hätte die Bücher niemals im Stich gelassen.

Henri schüttelte den Kopf. Der alte Mann konnte von den Büchern nicht lassen, murmelte er. Er fing an zu lachen.

Visionen kamen und gingen. Ein hoch beladener Karren, ertrunkene Katzen, Mabillons Spucke, die auf dem Kopf eines vorbeifahrenden Kahnschiffers landete. Träume und Pläne und Hoffnungen durch ein feuchtes Leben auf dem Kai ersetzt. Henri stellte sich vor, wie er den Stand ausräumte, alles in den Fluss warf, selbst hinterhersprang. Er sah seinen Körper, auf eine Decke von Zeitungen und Postkarten und Büchern gebettet, unter den Pont des Arts treiben.

Sein Lachen wurde zu einem Krampf. Seine Brillengläser beschlugen, seine Augen brannten, sein Brustkorb begann zu schmerzen. Ein Paar, das gerade vorbeikam, starrte den Buchhändler an und ging dann eilig seines Weges. Henri rieb sich die Augen und schlang den Mantel seines Vaters enger um sich.

Ich erinnere mich an diese Zeitung, sagte der Mann mit dem Hut.

Henri sah auf.

Von meiner Kindheit her, fuhr der Mann fort. Mein Vater sagte zu mir, es sei sehr löblich. Das Grab solch eines ehrenwerten Mannes auf die Titelseite einer Zeitung zu setzen.

Henri schlug die Zeitung zu. Eines ehrenwerten Mannes?

Der Mann nickte. Äußerst löblich, Monsieur. Ganz Frankreich in Trauer. Selbst seine Schafe haben sich versammelt, um ihm die letzte Ehre zu erweisen.

Henri las das Spruchband, das über dem Grab schwebte: RUHET WOHL, UNSRE TAPFEREN KRIEGER! Ihr Vater war ein weiser Mann, sagte er.

Der Mann schien ihn nicht zu hören. Er starrte jetzt auf die Porträts, die am Stand hingen: den Jungen und sein Schiff und die in Schatten gehüllte Frau. Er beugte sich vor, um es näher zu betrachten.

Octavio kramte in seinen Taschen. Er zog eine Handvoll Centimes, ein paar zerknüllte Scheine heraus. Zwischen der Frau auf dem Bild und dem Geld hin und her schauend, zählte er immer und immer und immer wieder.

Henri verfolgte das Geklimper loser Münzen. Er wartete auf eine Entscheidung, bezweifelte aber, dass der Mann mehr als eine Postkarte kaufen würde. Ein nervöser Kunde legte sich selten auf etwas anderes fest als nacktes Fleisch; wenn's hoch kam, wählte einer mal ein dünnes, schlecht erhaltenes Büchlein aus und beschwerte sich dann über den Preis. Aber dieser hier war irgendwie anders. Henri bemerkte, dass der Blick des Mannes in alle möglichen Richtungen huschte, nur um immer wieder zur Frau auf der Zeichnung zurückzukehren. Dieser eine war nicht an Schnäppchen interessiert.

Kann ich Ihnen behilflich sein, Monsieur?, sagte Henri.

Octavio schloss die Augen. Er stellte sich vor, sein Vater stünde neben ihm, sich das Kinn reibend und seine Optionen abwägend. Welche würde sein Vater auswählen? Bilder gab es keine; abgesehen von ihren Farben, sahen die Bücher eins wie das andere aus. Hätte er sie dann nach der Größe ausgesucht? Würde er vor dem Stand auf und ab gehen, ein paar Bände herausholen, sie in den Händen wiegen und abschätzen, wie viel er zum Tortenstück schleppen konnte? Octavio stellte sich vor, sein Vater würde flüstern, damit der Buchhändler nichts hörte.

Rot, mochte der dünnste Bäcker von Paris etwa sagen. Die Farbe der Leidenschaft, mein Junge, von klopfenden Herzen und Tatkraft. Das sind die Kühnen, die roten, ganz bestimmt randvoll von

Abenteuern. Oder wir könnten die blauen nehmen, wie das weite Meer und diese Meerjungfrauen, die uns heimwärts singen. Oder vielleicht das Grün der Bäume in unseren Tuilerien.

Octavio wusste, dass sein Vater jeder Farbe, die er sah, eine Bedeutung beigelegt hätte. Die goldfarbenen würden Geschichten über Schatzsucher und untergegangene Städte enthalten, die violetten würden Magie und Geister und Feenwelten heraufbeschwören. Er fragte sich, ob sein Vater Schwarz überhaupt als eine Farbe angesehen hätte. Egal, angefangen hätte er mit den roten.

Octavio musterte die Bücher in dem Stand. Es gab unheimlich viele Nuancen von Rot. Helle Leinenrücken, leuchtendes Leder, blutfarbene Schnitte. Er horchte wieder nach seines Vaters Stimme.

Stell dir eine Frau vor, mein Junge. Beobachte sie, wie sie aus einer Konditorei herauskommt. Sie schaut nicht in deine Richtung, aber – oh, ja, du siehst sie. Ihr Gesicht, ihren Mund, den Schwung dieser roten Lippen. Du kannst nicht widerstehen. Du fragst dich, wie es wohl wäre, diese Lippen zu küssen. So rot wie Himbeeren. Du stößt mit ihr zusammen, und ehe du dich's versiehst, sitzt du im Rinnstein. Das Rot von Himbeeren, mein Junge. Das ist die Farbe, mit der wir anfangen werden.

Octavio öffnete die Augen und schaute auf das Porträt der Frau. Er betrachtete ihren Mund. Er stellte sich vor, wie die Spitze ihrer Zunge hervorglitt, um die Lippen zu befeuchten. Er spürte, wie er sich vornüberlehnte und den Kopf zur Seite neigte. Die Augen schloss, als ihr Mund sich seinem näherte.

Octavio taumelte vom Stand zurück. Ich – hätte gern ein Buch.

Dann, Monsieur, sagte Henri, sind Sie hier genau richtig. Wie es sich trifft, habe ich ein paar.

Octavio ließ sein Geld fallen, die Münzen hüpften auseinander. Ein rotes, bitte.

Er zeigte rasch auf einen schmalen Rücken in der ersten Reihe.

Den Platon, sagte Henri.

Octavio musterte die Rücken und zeigte wieder.

Flaubert, Monsieur. Eine sehr eklektische Auswahl.

Gegen Ende des Stands überragte ein weinfarbener Leinenrücken seine Nachbarn. Octavio zog das Buch heraus, eine Abhandlung über Hydraulik, und übergab es Henri. Der Buchhändler hob eine Augenbraue.

Da haben wir einiges an Lektüre beisammen, Monsieur. Möglicherweise würden Sie etwas, sagen wir, Fantasievolleres vorziehen. Henri wählte einen in schwarzes Leder gebundenen Band mit Lyrik aus.

Octavio schüttelte den Kopf. Nein, danke. Das rote wird fürs Erste genügen.

Henri kramte hinten im Stand einen Knäuel Bindfaden hervor und machte sich daran, die drei Bücher zu verschnüren. Wie Sie wünschen, Monsieur.

Octavio sah zum Himmel. Die Sonne war nach Westen gewandert. Sein Vater murmelte in seinem Ohr. Mach Platz für die Vögel, mein Junge.

Auf dem Heimweg durch die Tuilerien organisierte Octavio im Kopf. Die roten würden als Erstes kommen, von hell zu dunkel, Gold über Orange zu Rost. Als Nächstes die blauen, dann die violetten, die grünen, die gelben. Eine Bibliothek in der Tortenstückwohnung erfüllte seinen Sinn. Überall waren Bücher: tapezierten die Wände, stiegen die Treppe hinauf bis zum Dachboden. Sie stützten die Fenster, ebneten sein Bett. Nahmen jeden Winkel ein.

Das Knirschen von Kies störte Isabeaus Lektüre. Sie schaute auf und sah einen Mann, der ein Bündel Bücher trug. Er hielt die verknotete Schnur so krampfhaft fest, als seien sie ein zerbrechlicher Schatz, und achtete darauf, dass sie nicht am Boden schleiften.

Es war ihr Geschichtenmann. Die Galerien, die Sonntage. Aber er war seit Wochen nicht mehr da gewesen. Sie hatte ihn sich aus dem Kopf geschlagen. Und sein Begleiter, dachte sie, der alte Mann. Wo war er? Sie schienen unzertrennlich zu sein, und so ein lebhaftes Paar, ihre stillen Sonntage auf der Arbeit waren wie verwandelt gewesen. Egal. Er war wieder da. Sie spürte, dass sie errötete.

Sie beobachtete ihn, wie er das Becken umrundete. Selbstverständlich las er, dachte sie. Natürlich kamen all diese Geschichten, diese Fantasie, aus Büchern. Sie lächelte. Wie oft schon hatte sie es genauso gemacht wie er jetzt – war nach Hause geeilt, nachdem sie an den Bücherständen herumgestöbert hatte, neue Errungenschaften unter dem Arm, sich schon zurechtlegend, welche sie als Erstes lesen sollte, wo sie im Regal Platz finden würden?

Bitte, flüsterte sie, bitte schau her.

Während der Geschichtenmann unter den Bäumen verschwand, besann sich Isabeau wieder. Ihre Hand zog den Schal über ihrer Wange zurecht.

Henri hatte es im Gefühl, dass der neue Kunde keine Leseratte war. Dennoch sagte er nie ein Wort, als Octavio Woche für Woche zum Stand zurückkam. Was der Mann mit den Büchern anfing, war seine Angelegenheit, dachte Henri. Er für sein Teil würde sich über den Umsatz und die nette Gesellschaft freuen und es gut sein lassen.

Während Henri emsig Kollektionen zusammenstellte, stand

Octavio die paar Minuten herum, ließ den Hut in seinen Händen wippen und lernte das Porträt der Frau auswendig. Sie erinnerte ihn an eine Abbildung in seiner *Tausendundeine Nacht:* Sie stand ziemlich am Anfang des Buches, eine junge Frau mit wallendem schwarzem Haar, in ein juwelenbesetztes Gewand gekleidet. Sie flüsterte einem alten Mann etwas ins Ohr. Als Octavio noch klein war, zeigte sein Vater immer auf das Bild. Eine Prinzessin, wie sie im Buche steht, sagte er dann. Was glaubst du, was für Geheimnisse verrät sie gerade dem König?

Die roten versammelten sich auf dem Dachboden, zwei, drei auf einmal. Bald drohten Stöße von Büchern die Türen zu blockieren, als ob ein Maurer sie verwendete, um die Wohnung nach und nach zuzumauern. Als die Wände nichts mehr aufnehmen konnten, kamen die Fußböden an die Reihe. Sie wiederum begannen sich durchzubiegen, knarrten bitterlich unter der Last. Die blauen liefen die Wendeltreppe herunter, immer ein halbes Dutzend pro Stufe. Als sie unten ankamen, war Octavio bereits zu den grünen übergegangen. Diese füllten die Küche. Unter der Spüle gestapelt, hinter die Hähne geklemmt, auf die Schränke geworfen, in die Schubladen gestopft, auf dem Tisch arrangiert, in dreifacher Reihe auf der Fensterbank. Bücher in verschiedenen Goldtönen ergossen sich im Übergang von Bade- zu Schlafzimmer. Ein Sockel aus grauen Ganzleinenbänden hob das Bett so hoch an, dass Octavio vier dicke Wälzer als Trittleiter brauchte, um die Matratze zu erreichen. Er entfernte die Spiegeltür des Kleiderschranks, sodass die violetten hineinpassten. Die Schublade, in der er als Kleinkind geschlafen hatte, ging jetzt, gefüllt, wie sie war, mit weinfarbenen Büchern, kaum noch zu. Dann gab es welche, die unter der Decke hingen: Octavio hatte von einem zum anderen Deckenbalken Stricke gespannt und sie daran rittlings aufgehängt.

Nur einmal verweigerte Henri Fournier einen Verkauf. Einen großen, abgenutzten Ganzlederband von der Farbe von Blutorangen, dessen Deckel mit einer beriebenen Raute und einem Paar exotischer Pantoffeln verziert war.

Bedaure, Monsieur. Das halte ich für jemanden zurück.

Henri beobachtete den Mann, der die Finger über die Rücken seiner Bücher gleiten ließ. Sie sind seit einiger Zeit ein treuer Kunde, sagte er. Dafür bin ich Ihnen dankbar. Doch ich bin auch neugierig.

Octavio unterbrach seine Suche nicht. Worauf?, sagte er.

Eigentlich auf *wen*. Ihren Vater. Er hatte eine ziemliche Fantasie, nicht wahr? Ich meine, ganz Frankreich, sogar die Schafe, in Trauer.

Octavio nickte.

Mein Großvater war genauso, sagte Henri. Der alte Mann behauptete, er sei imstande zu erkennen, wie ein Buch aussah, indem er es mit geschlossenen Augen abtastete. Ich strich stundenlang mit den Fingern über die Rücken, so wie Sie das jetzt tun, und versuchte, Farben und Leder- und Leinensorten und Vergoldungen und Blindprägungen zu erraten. Währenddessen erzählte er mir Geschichten. Am meisten liebte er eine über einen Araber, der mit einer Bibliothek die Wüste durchstreifte. Er schnallte Packen von Büchern an den Höcker eines alten Kamels, und die beiden, Mensch und Tier, folgten den Nomaden durch die sandige Einöde. Mein Großvater tat so, als sei er selbst dieser uralte Bibliothekar: zog sich den Mantel über den Kopf wie einen Schleier und schlurfte kreuz und quer über den Kai und zerrte dabei an einem imaginären Seil, schlug nach unsichtbaren Fliegen und verfluchte ein Lasttier, das nur er sehen konnte.

Octavio lachte. Mein Vater war Bäcker, sagte er. Sein Laden war die Boulangerie Notre-Dame. Aber er hatte immer eine Geschichte auf Lager. Seine beste handelte davon, wie Napoleon das N aus dem Namenszug über der Bäckerei gestohlen hatte. Er ging in die Hocke und tat so, als sei er der General höchstpersönlich, schwankte auf einer Leiter, während er den Buchstaben aus dem Schild herausriss, versteckte ihn dann unter einem riesigen Hut und schlich in die Nacht davon. Der Laden gehört jetzt mir, aber der Buchstabe fehlt nach wie vor.

Ich möchte wetten, er hätte auch zu meinen Zeichnungen hier eine Geschichte zu erzählen gehabt. Was hätte er zu dem Jungen und seinem Boot gesagt?

Octavio dachte kurz nach. Er hätte vielleicht gesagt – hier war ein Junge, der träumte.

Wovon?, sagte Henri.

Davon – der Kapitän eines Schiffs mit hundert schwarzen Segeln zu sein. Einhundertmal um die Welt zu fahren: für jedes Segel ein Mal. An einem Steuerrad zu stehen, das aus den Knochen von Seeungeheuern gefertigt war, um feindliche Armaden und Kannibalen in Kriegskanus und mordlustige Piraten zu rammen. Den Ozean zu überqueren ohne auch nur einen Hauch von Wind.

Jetzt war es an Henri zu lachen. Und die Frau? Fortuna?

Octavio sah in das halbverhüllte Gesicht.

Mein Vater hätte gesagt – dass sie – eine Prinzessin war. Dass sie eintausendundein fremde Länder besucht und tausend Geheimnisse mehr wusste. Sie hatte Länder von fliegenden Pferden und einäugigen Monstern gesehen, mit Räubern in Höhlen voll Schätzen gefeilscht, Bettlerjungen kennengelernt, die an Zauberlampen rieben, sie war auf Teppichen geflogen, hatte mit Meerjungfrauen gesungen, war über den Rand der Welt hinausgesegelt und hatte all dies und mehr überlebt.

Henri sah, wie die grauen Augen des Mannes aufleuchteten. Wie könnte ich dem Sohn eines Mannes, der Kunst eindeutig zu würdigen weiß, etwas abschlagen?, sagte er. Ich schätze, ein paar Francs sind kein Preis dafür, die Geheimnisse einer Frau erfahren zu dürfen. Nennen Sie einen Betrag, und Fortuna gehört Ihnen. Ich habe keine Zweifel, dass Ihr Vater das gutheißen würde.

Ein Montag wie jeder andere in der Bäckerei. Bis eine Kundin die Augen vom morgendlichen Angebot in der Vitrine hob.

Und wer, mit Verlaub, ist *das?*, sagte sie.

Sämtliche Augen folgten dem Finger der Kundin in Richtung Keller. Über der Tür war der Bierkalender mit *Unserer Lieben Frau* verschwunden; an ihrer Stelle hing das Porträt der Frau aus Fourniers Stand. Die Köpfe schwenkten in Richtung Octavios; hier und da wurde verschmitzt gegrinst.

Hat unser Bäcker neuerdings Geheimnisse?, sagte ein Stammkunde.

Jemand Neues in Ihrem Leben, Monsieur?, sagte ein anderer.

Nicht so sehr *Unsere Liebe Frau* als vielmehr *Ihre,* Octavio?

Die Uhr hinter dem Verkaufstisch rückte auf 9:16 Uhr vor. Grenelle, der Blinde trat ein. Er bahnte sich einen Weg durch den vollen Laden und blieb vor der Vitrine stehen. Er zeigte auf zwei goldgelbe, mit einem Hauch von Rosmarin bestreute Brioches und sah zu Octavio auf.

Wie ich sehe, stehen wir unter neuer Leitung, sagte er.

Die junge Frau tritt vom Schaufenster der Bäckerei zurück, stolpert dabei, fängt sich mühsam wieder, die Augen vor Schreck geweitet. Unbewusst hebt sie die Hand ans Gesicht.

Unter einer Bedingung, hatte sie gesagt.

Sie erinnert sich an den Künstler, wie er die letzten Striche gezogen, hier und da mit dem Daumen nachgerieben hatte. Er hatte schon Anstalten gemacht, ihr das fertige Porträt zu zeigen, als sie ihn aufgehalten hatte.

Ich weiß, wie ich aussehe, hatte sie gesagt.

Als sie für ihr Sauerteigbrot bezahlte, fragte Madame Lafrouche Octavio, warum er in letzter Zeit nicht mehr in den Louvre gegangen sei.

Ich hatte anderes zu tun, sagte er, wohl wissend, dass die Frau ihn jeden Sonntag dabei gesehen hatte, wie er mit seinem Packen Bücher zum Tortenstück zurückkam.

Du und dein Vater, ihr habt das Museum immer geliebt, sagte Madame Lafrouche.

Es ist eine Weile her, Madame. Sind Sie selbst jemals dort gewesen?

Mein Alphonse ging gelegentlich mit mir hin, vor langer, langer Zeit.

Es ist sehr eindrucksvoll dort, sagte Octavio.

Es wäre schön, wieder einmal hinzugehen, sagte Madame Lafrouche. Ein, zwei glückliche Erinnerungen wachrufen. Ihre Stimme klang wehmütig.

Warum kommen Sie nicht mit mir, sagte Octavio. Wir könnten diesen Sonntag hin.

Deine Büchersammlerei ein bisschen ruhen lassen also, sagte Madame Lafrouche.

Octavio hatte Madame Lafrouche noch nie zuvor zwinkern sehen.

Ringförmige Bänke erhoben sich wie Inseln aus dem Parkett der Grande Galerie. Hier konnte man Schnürsenkel lösen, um eingezwängte Zehen aufatmen zu lassen, Kinder, die vor Langeweile bockig wurden, zum Schweigen bringen, Kunstführer zu Rate ziehen. Alles unter den Augen der Gesichter, die von den Wänden herabblickten.

Nachdem sie die halbe Länge der Galerie bewältigt hatten, verweilten zwei Frauen jetzt zu einer Rast. Grau und weich in ihren besten Sonntagskleidern und mit Nadeln befestigten Hüten, falteten sie die Hände im Schoß und setzten die zweckmäßigen Schuhe fest auf den Boden.

Sie begutachteten das Gemälde, das vor ihnen hing: Ein Herr, dessen jugendlicher Bart als rotbrauner Flaum wiedergegeben war, posierte in feinem Samt. In seinen anmutigen Fingern: eine lange Holzflöte.

Weißt du, sagte die Kräftigere der zwei Freundinnen, jemand hat mal gesagt, im Fehlerlosen liege keine Schönheit.

Und wo liegt sie seiner Meinung nach dann?, sagte die Kürzere.

Im Unvollkommenen, soweit ich mich erinnere.

Wer hat das gesagt?

Das weiß ich nicht mehr. Ein großer Denker, könnte ich mir vorstellen.

Und wie heißt das da also?

Die Kräftige las aus ihrem Führer: *Porträt des einäugigen Flötisten.*

Wann gemalt?

Das Buch sagt, es ist ein Meisterwerk aus der Renaissance.

Die Kleinere legte den Kopf schief und erkundigte sich nach dem Künstler.

Wer es gemalt hat, steht hier nicht, sagte die Kräftige.

Ich hätte das auch nicht signiert. Es ist ganz fürchterlich.

Aber schöne Hände hat er. Ich könnte mir vorstellen, dass er eine sehr zarte Grifftechnik hat.

Dem Mann fehlt ein Auge, meine Liebe. Und das was er noch hat, starrt uns an, als wären *wir* diejenigen, die es ausgerissen haben.

Also ich finde, er sieht gut aus.

Grotesk, meinst du wohl. Ich kann kaum hinsehen.

Wie er es wohl verloren hat?

Sein gutes Aussehen?

Das Auge.

Octavio und Madame Lafrouche tauchten aus dem Besucherstrom auf, der sich die Galerie entlangbewegte, und blieben vor dem Flötisten stehen.

Hier ist einer, an den ich mich erinnere, sagte Octavio.

Sehr gutaussehend, erwiderte Madame Lafrouche.

Ich könnte Ihnen von ihm erzählen, Madame. Wenn Sie es wünschen. Ich brauche lediglich ein Wort als Auslöser.

Ein beliebiges?

Irgendeines.

Madame Lafrouche sah den Flötenspieler konzentriert an. Sie musterte den jungen Mann von oben bis unten und bemerkte schließlich die auffällige Stelle, wo einst sein Auge gewesen war.

Verwundet, sagte sie.

Octavio runzelte die Stirn. Sehr gut. Hier haben wir das Porträt eines – verwundeten – Soldaten. Zur großen Freude seines Vaters hat er das Familienhandwerk ergriffen und ist zu einem jungen Leutnant avanciert. Seine Mutter ist sehr stolz. Aber seine Träume sind nicht von schmucken Uniformen und Kavallerieangriffen. Musik ist, was seinen Sinn erfüllt. Bei Tag dient er den Hoffnungen seiner Familie und macht ihrem Namen Ehre. Doch bei

Nacht spielt er, allein auf dem Paradeplatz, auf seiner Flöte, einzig für den Mond. Dann eines Tages, während eines Übungsfechtens, verliert unser junger Mann infolge eines ungeschickt geführten Floretts zu jedermanns Entsetzen sein Auge. Tragödie! Seine militärische Laufbahn ist für immer vereitelt. Doch Wunder über Wunder, er ist fürs Leben entstellt! Selbst von Freunden und Anverwandten gemieden, hat er endlich die Erfüllung seiner kühnsten Träume –

Verzeihung, Monsieur.

Octavio und Madame Lafrouche hatten die zwei Frauen, die hinter ihnen auf der Bank saßen, nicht bemerkt. Die Kleinere funkelte die beiden an.

Sie und Ihre Freundin versperren uns die Sicht, Monsieur. Und was ist das für ein Unsinn mit dem Burschen, der sich wünschte, ein Auge zu verlieren? Wer würde so etwas wollen?

Pssst, sagte die Kräftige. Es ist eine bezaubernde Geschichte. Lässt die Fehler des armen Kerls fast verschwinden. Fahren Sie bitte fort, Monsieur.

Ja, sagte Madame Lafrouche. Fahr bitte fort.

Octavio winkte die drei Frauen dicht zu sich heran. Und so spielt unser gutaussehender Flötist, flüsterte er, bis zum heutigen Tage. Umso glücklicher wegen seines fehlenden Auges.

Es war so lange her, dass sie ihren Geschichtenmann im Museum gesehen hatte. In diesen Wochen und Monaten nach dem ersten Sonntag, an dem er sich nicht gezeigt hatte, war Isabeau von der Angst, es könnte etwas passiert sein, ein grausiger Unfall etwa, bis zu Zorn darüber, dass er sie an dem Tag im Aquarellsalon *doch* gesehen, ihre Narbe bemerkt und sich abgestoßen gefühlt hatte, zur resignierten Erkenntnis getaumelt, dass sie ihn nie wiedersehen würde.

Isabeau beobachtete, wie er den Kopf mit den drei Frauen zusammensteckte. Sie hörte nicht, was er ihnen sagte, aber das errötende Lächeln der Zuhörerinnen ließ sie wünschen, *sie* wäre sein Publikum.

Im Laufe ihrer gemeinsam verbrachten Jahre erwärmte sich Madame T schließlich für Isabeau. Wenngleich sie eine gebührende Distanz zu ihrem jungen Schützling wahrte, und Isabeau ihren Platz innerhalb des Museums kannte, verband sie das Wissen um eine Wahrheit. Madame T ahnte, dass Isabeaus stumme Sehnsucht mit der Abwesenheit des Geschichtenmannes nur wachsen würde. Sie kannte den Verlust, den das Mädchen empfand, hatte beobachtet, wie Isabeau in ihrer Arbeit, und überdies in ihren Büchern aufging. Madame T wusste nur zu gut, dass Isabeau die Tröstlichkeit ihres Geschichtenmannes in keinem Buch finden würde. Und es brach ihr das Herz.

Sie saßen an ihren Tischen und warteten auf Vermeer und Rembrandt. Zwei obskure Werke sollten wieder ins Museum gehängt werden und würden eine Reinigung benötigen. Die Gemälde hätten längst aus dem Speicher da sein müssen.

Mal wieder am Lesen?, sagte Madame T. Immer mit der Nase in einem Buch.

Bin gleich fertig, sagte Isabeau. Möchten Sie es geliehen haben?

Danke, nein. Zurzeit lese ich nicht viel. Bücher sind ein Vergnügen für junge Verliebte.

Verliebte?, sagte Isabeau. Sie klappte rasch ihr Buch zu.

Ich bin sicher, die Klatschmäuler hier haben gesagt, ich wüsste nichts über die Liebe. Aber auch mich erwischte es einmal. Ich war nicht viel älter als Sie jetzt.

Ich kam gerade an Saint-Sulpice vorbei, auf dem Weg vom Museum nach Haus. Ich hatte gerade hier angefangen zu arbeiten. Es war April, und es goss in Strömen. Ich ging in einen Buchladen, um dem Regen zu entkommen. Der Schirm fiel mir aus der Hand, und plötzlich trat ein junger Mann hinter einem Regal hervor. Er hob den Schirm auf und schüttelte die Regentropfen ab. Wenn's die Bücher sind, denen Ihr Herz gehört, sagte er, dann werde ich anfangen müssen zu lesen.

Welch kühne Reaktion, sagte Isabeau. In ihrem Geist nahm ein Bild, Madame T als eine jüngere Frau, Gestalt an. Sie war einmal schön, dachte Isabeau und ärgerte sich über sich selbst, dass sie es nicht schon früher bemerkt hatte.

Vermutlich habe ich mich deshalb in ihn verliebt, sagte Madame. Wir unterhielten uns eine ganze Weile in dem Buchladen. Es war größtenteils nervöses Geplauder, Bücher, die wir gerade lasen, Bücher, die uns gefallen hatten, so was eben. Wie sich herausstellte, hatten wir einen ganz unterschiedlichen Geschmack.

Welche gefielen Ihnen?, sagte Isabeau.

Ich erklärte ihm, Victor Hugo sei ein Meister und ich hätte jedes einzelne Wort von *Die Elenden* in mich eingesogen. Er sagte, er hätte sich gewünscht, es wäre etwas kürzer. Monsieur Verne, sagte er, *den* nenne ich einen guten Schriftsteller. Als ich meine Meinung über derlei Albernheiten äußerte, sah er aus, als habe man alle Luft aus ihm rausgelassen. Ich weiß noch, ich sah ihm in die Augen und hatte furchtbare Angst, das Falsche gesagt zu haben.

Aber das war doch mit Sicherheit nicht das Ende der Geschichte, sagte Isabeau.

Im Gegenteil, ein Anfang, sagte Madame T. Wir trafen uns jeden Samstag. Manchmal im Buchladen, zu anderen Gelegenheiten in einem Café auf der Rue de Rivoli. Schließlich einigten wir uns auf Flaubert.

Erwähnten Sie nicht auch eine Bibliothek, sagte Isabeau.

Er sagte mir, dass er, beziehungsweise eigentlich seine Familie, eine Bibliothek hatte. Sie hatten im Weinhandel Erfolg gehabt und besaßen ein Haus auf dem Land. Ein Flügel des Hauses – eigentlich war es nur ein langes Zimmer, sagte er – hatten sie in eine Bibliothek umgewandelt. Sein Vater hatte sie »die Weisheit« getauft.

Isabeau hob eine Augenbraue.

Er erzählte mir von den Glasschränken, die jede Wand bedeckten und bis zur Decke reichten, voll mit Hunderten von Büchern. Es gab Sessel und Polsterbänke, alle mit einem eigenen klappbaren Pult und einer Leselampe. Es gab gepolsterte Klemmbretter, mechanische Fußschemel und verstellbare Kopfstützen. Es war ein Raum, der ausschließlich dem Wort gewidmet war. Aber selbst seine Schilderung, mit dieser glatten und sanften Stimme vorgetragen, wurde dem nicht gerecht.

Sie haben die Weisheit gesehen? Er nahm Sie dorthin mit?

Madame nickte. Der Fußboden war von einem riesigen Teppich bedeckt, sagte sie, einer Landkarte der Welt. Das Mittelmeer war mit aquamarinblauen Fäden gewoben, und jenseits des Ozeans waren die Grüns und Gelbs der Neuen Welt gewirkt. Nach Osten zu schlangen sich braune und graue Fäden des Himalaja in das Blau und Rot des Orients. Der Norden und der Süden waren dichte weite Webflächen von Polareis.

Madame rang sich ein Lächeln ab. Ich bat ihn, mich mit auf die Reise zu nehmen, sagte sie.

Er deutete auf die Mitte des Teppichs. Eine Weintraube, in Violett- und blassen Grüntönen gestickt, bezeichnete das Loiretal und das Haus seiner Familie. Er schlug vor, dass ich meine Schuhe auszog und die Zehen in die Traube versenkte. Wohin möchten Sie gern?, sagte er.

Ich machte ein, zwei Schritte nach Osten. Also China, sagte er. Ich bewegte mich westwärts über die Berge. Venedig, sagte er. Ich machte zwei weitere Schritte und stand mit einem Fuß auf Madrid, dem anderen auf Lissabon. Iberische Halbinsel, sagte er. Ein paar Schritte mehr, und ich hatte den Ozean überquert. Und damit nach Amerika, sagte er.

Ich fragte ihn, ob er diese Orte kannte. Sie sind mir bekannt, sagte er. Dann sind Sie also gereist, sagte ich. Nicht so weit, nein. Ich lachte ihn an und fragte, was er schon kennen konnte, wenn er noch nirgendwo gewesen war.

Er sagte, dass er ein Land kannte, wo sich eine steinerne Mauer Tausende von Meilen weit hinzog und ein argwöhnisches Königreich vor seinen Nachbarn verbarg. Er kannte eine Stadt, in der die Straßen voll Wasser standen und deren Bürger sich in Booten fortbewegten, die wie schwarze Pantoffeln geformt waren. Er kannte ein Land der Burgen, wo alte Männer in rostender Rüstung Windmühlen attackierten im Glauben, sie seien Riesen. Er kannte ein Land, das von Bäumen bedeckt war, wo Krieger ihre Körper bemalten, um Furcht in die Herzen ihrer Feinde zu jagen.

Und dennoch erklären Sie, Sie wären nicht gereist, sagte ich zu ihm. Nicht so weit, wiederholte er. Woher wissen Sie es dann? Durch diese hier, sagte er und deutete mit beiden Händen auf die Glasschränke.

Ich hatte ja gar keine Ahnung, Madame, sagte Isabeau. Was für eine wunderbare Geschichte.

Leider mit keinem besonderen Ende, sagte Madame T. Meine Eltern sind gestorben, als ich noch klein war, und ich war lange allein gewesen. Eine zufällige Begegnung in einem kleinen Buchladen hatte mich herausgeholt. Sie bewirkte, dass ich mich verliebte, und führte mich durch die ganze Welt ohne größere Anstrengung, als es erfordert, ein Zimmer zu durchqueren. Aber es war alles so zerbrechlich.

Madame T fasste sich.

Er kam an jedem Wochenende in die Stadt. Eines samstagmorgens stieg er nicht aus dem Zug. Ich wartete stundenlang auf dem Bahnsteig. Er kam nicht. Tagelang schrieb ich ihm, fragte ihn, was passiert war, ob er nächste Woche kommen würde, ob ich etwas Falsches getan, ob er aufgehört hatte, mich zu lieben. Endlich erreichte mich ein Brief im Museum, als Absender die Weinhandlung an der Loire. Die Haushälterin der Familie hatte meinen Namen zwischen seinen Sachen gefunden und schrieb mir jetzt, um mir mitzuteilen, dass es einen Unfall gegeben hatte. Ich habe seitdem nicht mehr viel gelesen.

Es tut mir schrecklich leid, sagte Isabeau.

Madame T lächelte. Braucht es nicht, meine Liebe. Jetzt leisten mir meine Gemälde Gesellschaft.

Die junge Frau kann sich nicht rühren.

Erschrocken, ihr eigenes Gesicht zur Schau gestellt zu sehen, erkennt sie nur eine andere. Die Jahre im Keller, über Gemälde gebeugt. Die Dürer, ihren David. Ihre geliebte Sofia. Einen Herzschlag lang erwidert eine schöne Frau ihren Blick. Als ob der Künstler am Wasser sie gefunden hätte: vor ihrem Unfall, vor den gefalteten Magazinen ihrer Mutter im Spiegelflur, vor einem Leben hinter einem Schal.

Sie blinzelt die Vision weg. Bücherschnee rieselt weiter um sie nieder. Ohne zu wissen wohin, beginnt sie Papierstückchen aufzulesen, in der Hoffnung, jeden zufälligen Zeugen abzulenken.

Der Bäcker steht auf der anderen Straßenseite. Seine Knie zittern; er braucht seine ganze Kraft, um nicht zusammenzubrechen. Das Bücherbündel liegt zu seinen Füßen. Zu schwach, um es aufzuheben, wendet er sich zur Bäckerei.

Er sieht eine junge Frau in ihrem Sommerkleid, vom wunderschönsten Rosa, am Boden kauern und Händevoll Papier vom Kopfsteinpflaster aufheben, während sie versucht, ihr Kopftuch am Aufgehen zu hindern. Bilder stürzen auf ihn ein: eine Frau, die in einem Garten liest, ein Porträt, das an einem Bücherstand hängt, ein Gesicht über einer Kellertür.

Er flüstert: Du bist es.

Unter den Millionen von Wörtern, die zu dem Thema geschrieben worden waren, den Erinnerungen an ein erstes Erröten, den Wiederholungen von Als-wir-uns-kennenlernten-Geschichten, fand sich keine logische Erklärung. Naturwissenschaft und Religion hatten keine biologischen Ursachen oder geoffenbarten Wahrheiten zu bieten. Die Schneeflocke, die die Lawine auslöste, blieb unbemerkt; der Tautropfen, der die Sintflut in Gang setzte, konnte nicht ausgemacht werden. Doch Theorien gab es, jede Menge, betreffend die Frage, wie man die Liebe fand.

Der Pfeil eines Gottesknaben, behaupteten manche, der – hinter einer wogenden Wolke versteckt – sein Ziel hinterrücks traf. Ein Erweichen des Gehirns, sagten andere, das angenehme Resultat von zu viel Wein. Die Mondphasen, die Aspekte der Gestirne, das Nahen des Frühlings. Verbotenes Obst und verführerische Schlangen. Das Licht in einem lächelnden Auge, das Grübchen am Winkel eines schüchternen Mundes.

Jede von diesen, und zahllose weitere, hatte einen unsichtbaren Schalter umgelegt, der den Puls schneller werden und die Raumtemperatur steigen ließ. Und alles ohne jede Vorwarnung: der Blick – jetzt und schon wieder vorbei – eines anderen, der auf dem gegenüberliegenden Bahnsteig der Métro stand. Das Aneinanderstoßen von Schultern auf einem belebten Boulevard. Ein fallengelassener Regenschirm, geborgen, trockengeschüttelt, mit einer Verbeugung übergeben. Die unerklärliche Drehung eines Kopfes in den Tuilerien; eine zufällig mit angehörte Geschichte.

Die Gedanken waren anderweitig beschäftigt, als es passierte: auf der Suche nach einem Ort – auf dem Dachboden, unter der Treppe, zur Stützung eines schiefen Regals – für die Neuanschaffungen des Tages; beim Umblättern mitten in einem spannenden Kapitel; oder bei der Betrachtung der Webarbeit einer großen Kelim-Weltkarte. In der einen Minute allein im eigenen Kopf, starrte man in der nächsten jemand an, den man noch nie zuvor gesehen hatte – oder schon hundertmal, nur jetzt mit ganz neuen Augen.

Was war das?, könnten sich die Beteiligten gefragt haben. Ein Zucken im Magen. Ein Schlag, ein kurzer Aussetzer, ein plötzliches Hämmern unter dem Brustbein. Waren die Bäume irgendwie grüner geworden? Hatte die Brise, zusammen mit den Booten der Kinder, aufgehört, über das Wasser hinweg zu streichen?

Es konnte an dem Buch gelegen haben, das sie gerade las – ein auberginefarbenes. Am schlichten Schnitt ihres Kleids. An der Neigung ihrer Beine, mit gekreuzten Fesseln, die Schuhe ausgezogen, die Fersen auf dem Rand des Beckens, die Zehen in der Brise kühlend.

Oder an der Weise, wie sie hinter ihrem Schal aufschaute, als er vorüberging.

Octavio schlurfte über den Kies der Tuilerien: wie immer darauf bedacht, das Bündel des Tages so zu halten, dass es nicht schleifte; in Gedanken schon jedem Buch seinen Platz im Tortenstück zuweisend. Als ein Windstoß das Wasser im Becken kräuselte, drehte er sich um und sah ein Aufblitzen von Farbe. Pfauenblau und -grün, ein Zipfel Schal von der Brise erfasst. Eine junge Frau war am Lesen. Von ihrem Buch aufschauend, fing sie das Ende des Schals, zog es straff gegen ihre Wange und warf es sich dann über die Schulter.

Das kann nicht sie sein, dachte er.

Octavio beschleunigte seinen Schritt, stolperte, als er mit den Füßen gegen das Bündel stieß. Nicht rennen nicht rennen nicht rennen sie sieht dich du stolperst nicht pass auf deine Füße die Bäume in die Bäume pass auf die Zweige auf einfach nur atmen das war sie nicht konnte nicht sein ganz unmöglich.

Octavio verbarg sich im Schatten und presste die Hand gegen seine bebende Brust. Er sah, dass die Frau ihr Buch zuklappte. Sie schlüpfte in ihre Schuhe, zog ihren Stuhl an den Rand der Baumgruppe zurück. Sie prüfte den Knoten ihres Schals, schaute einen Moment lang in Richtung der Bäume und ging zum Louvre zurück.

Octavio folgte ihr. Er blieb stehen, als sie in der Menge verschwand, die vor dem Eingang des Museums wogte. Als ihm bewusst wurde, dass der Faden seiner verschnürten Bücher ihm in die Hand schnitt, ließ er das Bündel fallen. Drei, vier Bücher heute, in ramponierten Brauntönen, lösten sich und purzelten auf das Pflaster.

Er wusste, dass er dieses Gesicht schon einmal gesehen hatte – verdunkelt vom Schatten einer langen Haarlocke. Es war völlig unglaublich, dachte er. Sie konnte es nicht sein. Die Frau in den Tuilerien konnte unmöglich das Porträt sein, das in der Bäckerei hing. *Seiner* Bäckerei.

Im Innenhof des Museums schien es schlagartig windstill zu werden.

Wochenlang kehrte Octavio zum Versteck zwischen den Bäumen zurück. Die Frau tauchte immer auf, wenn die Sonne den Mittag erreichte. Sie ging zum Rand der Bäume, fand ihren Stuhl und zog ihn ans Wasser. Jeden Sonntag derselbe Stuhl, dieselbe Stelle. Jeden Sonntag ein Buch.

Er brauchte nur ein einziges Wort, um hundert Geschichten zu ersinnen: Sie –

war eine Tänzerin; kühlte sich die Füße nach einem Vormittag der Sprünge und Pirouetten.

war die Tochter eines Schiffskapitäns, die beim Anblick der Modellboote im Wasser an ihre Kindheit zurückdachte.

war eine Kaiserin, die sich inmitten ihrer Untertanen verbarg, indem sie ihr Gesicht mit einem Schal verhüllte, der aus den Fäden von zehntausend Raupen gewoben worden war. Fünftausend grünen, fünftausend blauen.

war eine Lehrerin, eine Liebhaberin der Gelehrsamkeit, geduldig und sanft zu ihren Schülern.

Sie – war eine Leserin.

Er hatte eine Bibliothek.

Es konnte nicht so weitergehen. Die feuchtkalten Hände, der schwummerige Kopf, der Schmetterlingsbauch. Er konnte sie nicht weiter beobachten und nichts tun. Er hatte keine Ahnung, wie – ob – er sie ansprechen sollte. Er hätte Grenelle um Rat bitten können, aber wo würde er dann mit den Erklärungen anfangen? Der blinde Uhrmacher würde sich an der Geschichte erfreuen, da war sich Octavio ganz sicher, aber er konnte sie auch leicht für einen weiteren Anfall von Fantasie halten. Die Kunden der Bäckerei würden lachen und ihm energisch die Hand schütteln und ihm widersprüchliche Ratschläge geben, von denen sich sein Kopf nur umso heftiger drehen würde. Und die Tratschtanten unter ihnen würden dafür sorgen, dass das ganze 8. Arrondissement Bescheid wüsste, noch bevor der Morgenansturm abgeklungen wäre. Der bloße Gedanke daran ließ Octavio frösteln. Dann stellte er sich seinen Vater auf der Türstufe des Bäckerladens vor.

Also ein Anfang, flüsterte Émile.

Henri Fournier lachte. Sie sind völlig verrückt, mein Freund.

Octavio sagte, das sei nicht komisch. Jedes Detail der Zeichnung, die jetzt in der Bäckerei hing, hatte sich in seinen Kopf eingebrannt. Er hatte die Frau, die in den Tuilerien las, auswendig gelernt. Sie waren ein und dieselbe Person. Ein Irrtum war nicht möglich.

Ganz wie Sie möchten, sagte Henri. Nehmen wir also an, Ihr Gehirn spielt Ihnen keinen Streich. Weiß diese junge Frau, dass Sie ihr Porträt haben?

Ich weiß nicht. Wie könnte sie es wissen? Glauben Sie, sie weiß es?

Haben Sie sich ihr vorgestellt?

Sollte ich? Wie könnte ich? Was sollte ich sagen? Was würden Sie sagen?

Einmal tief durchatmen, mein Freund. Sie könnten sie fragen, was sie gerade liest.

Das kann ich nicht machen.

Warum nicht?

Sie könnte mich dann fragen, was *ich* in letzter Zeit gelesen habe.

Diese Frau – sollen wir sagen: *Ihre* Frau? – liebt offensichtlich Bücher. Also zeigen Sie ihr Ihre Einkäufe des Tages. Oder Sie erzählen ihr von meinem Stand. Ich könnte eine neue Kundin gut gebrauchen.

Wir sollen es *nicht* sagen. Sie ist nicht *meine* Frau.

Die Sache ist doch die: Sie mögen keine solche Leseratte wie diese Frau sein, aber es gibt keinen besseren Geschichtenerzähler. Erzählen Sie ihr eine Ihrer Geschichten.

Ich kann nicht mit ihr sprechen.

Überlassen Sie das Sprechen der Geschichte.

Ich wüsste gar nicht, wo ich anfangen sollte. Würde sie mir ein Wort geben? Was für ein Wort? Was, wenn ich das Wort, das sie mir gibt, nicht kenne? Was, wenn mir nichts einfällt?

Henri verdrehte die Augen. Probieren wir es mal anders, sagte er. Ihre Frau sitzt immer auf demselben Stuhl, richtig?

Jeden Sonntag.

Dann lassen Sie doch etwas für sie da. Schreiben Sie ihr einen kleinen Brief. Bleiben Sie anonym, wenn Sie so nervös sind. Seien Sie geheimnisvoll, so wie sie es ist.

Ich kann nicht irgendwas schreiben. Ich kann nicht – weiß gar nicht, wo ich anfangen sollte.

Herrjemine, dann eben ein Geschenk. Blumen sind eine nette Geste. Oder etwas aus Ihrer Bäckerei, ein Zeichen, das nur Sie ihr geben könnten. Oder noch besser ein Buch. Wenigstens wissen Sie, dass sie *die* mag.

Sie würde zu ihm aufschauen und die Hand über die Stirn gegen die Sonne halten, um zu sehen, wer sie unterbrochen hatte. Es würde einen Augenblick des Schweigens geben. Wenn er sie fragte, ob das Buch, das sie las, ihr gefiel, würde sie lächeln. Ja, würde sie sagen, aber was verstecken Sie da hinter Ihrem Rücken? Er würde sich verbeugen und ihr sein Geschenk überreichen. Etwas aus meiner Bibliothek, Mademoiselle. Aber ich habe doch nichts getan, um solche Großzügigkeit zu verdienen, Monsieur. Es erinnerte mich an Sie, würde er sagen. Ich hoffe, Sie werden Freude an den Abbildungen haben, sie können bemerkenswerte Geschichten erzählen, ganz von allein. Sie würde das Päckchen entgegennehmen und unter dem eleganten Geschenkpapier das Gewicht eines guten Buches spüren, während ihre Hand etwas an der seinen verweilte. Lieben Sie unter diesen Bildern eines besonders, Monsieur? Er würde nicken. Dann setzen Sie sich bitte zu mir, würde sie sagen. Mein Name ist –

Der Nächste?, sagte Octavio und klemmte sich die Hand in der Registrierkasse ein.

Es war ein Kinderspiel, ihren Stuhl unter den Bäumen zu finden. Octavio zog ihn zum Becken und richtete ihn so aus, wie sie es mochte, zur Sonne gewandt. Die exakte Tiefe, zu der sich die Hinterbeine in den Kies bohrten, der präzise Abstand zwischen Stuhl und Wasser.

Der Morgen versprach einen warmen Julitag. Ein paar Kinder hatten schon ihre Posten rings um das Becken bezogen. Sie waren mit ihren Booten beschäftigt, schoben sie ins offene Wasser, pusteten gegen die kleinen Segel, redeten ihnen Mut für die große Überfahrt zu.

Er legte das in glänzendes Papier eingeschlagene Päckchen auf den Stuhl der Frau. Er hielt inne, wünschte sich, er hätte den Mut, unter den Bäumen stehenzubleiben, um ihre Reaktion zu beobachten. Sich dann abzuwenden und sicher zu sein, dass sie jetzt wusste, dass er sie gefunden hatte.

Ein Häufchen verbrannter Flocken liegt in einer Hand, die andere hält die eingepackten *Tausendundeine Nacht.*

Ihr Unfall ist zu einer Narbe geworden; die Narbe dann zu einem Reflex. Dieser wiederum ist ein Instinkt geworden. Wie sie anderen erscheinen mochte. Seit dem Tag, an dem der Verband abgenommen wurde, haftet dieser Instinkt an ihr. Sie hat ihn wie einen sechsten Sinn geschärft: die Fähigkeit, von sich abzurücken, sich mit den Augen eines anderen zu betrachten.

Was sie jetzt sehen, ist eine junge Frau in einem schlichten Kleid und mitgenommenen Schuhen, die Ärmste, schwitzend und aschebedeckt, eine Bettlerin, die ein Bad und einen Kamm gebrauchen könnte. Tränen ziehen Striche durch den Ruß auf ihrem Gesicht. Was einst ein eleganter Schal gewesen sein mag, ist, jetzt ausgeblichen, zu einem unordentlichen Durcheinander um ihren Kopf gewickelt. Er verbirgt nichts, wertet nichts auf und lässt sie nur umso elendiger erscheinen.

Und doch war sie einmal schön gewesen. In den Augen eines Künstlers.

Genug, denkt sie.

Die Sonne glitt gerade über den Mittag, als Isabeau die Tuilerien erreichte. Sie blieb am Becken stehen und versuchte, diese Merkwürdigkeit zu enträtseln. Ein Stuhl – war das ihrer? – stand schon an ihrer gewohnten Stelle. Auf der Sitzfläche lag ein sorgfältig eingepacktes Päckchen. Jemand muss es vergessen haben, dachte sie. Sie horchte nach dem Geräusch von Schritten auf dem Kies, jemandem, der auf sie zugelaufen kam. Mutter und Sohn vielleicht, hektisch mit den Armen rudernd, die Augen sorgenvoll aufgerissen. Siehst du, Maman?, würde der Junge atemlos sagen. Ich wusste, dass jemand es finden würde. Entschuldigen Sie, Mademoiselle, würde seine Mutter sagen. Der Junge kann manchmal wirklich eine Plage sein, aber er hat sich geweigert, in die Métro zu steigen, bevor wir nachgesehen hätten.

Isabeau hob das Päckchen auf. Sie spürte, dass sich darin ein Buch befand, ein vertrautes und tröstliches Gewicht. Das perfekte Geschenk, dachte sie. Es wäre schade, wenn jemand es verlöre. Sie wartete noch ein paar Minuten. Die Leute, die um das Becken schlenderten, nahmen keinerlei Notiz von ihr. Schließlich setzte sie sich hin und zog ihr eigenes Buch aus der Tragetasche. Ein paar Seiten ohne Sternchen oder Ausrufungszeichen oder einen umkringelten Absatz weiter, gab Isabeau es auf. Sie konnte sich nicht konzentrieren. Sie schaute rings um das Becken, dann unter die Bäume. Niemand näherte sich.

Sie hob das Päckchen unter ihrem Stuhl auf und packte es aus, darauf achtend, das Papier nicht zu beschädigen. Sie drehte das Buch herum, las den Titel. Sie hielt es sich an die Nase. Es roch leicht nach Staub. Sie blätterte durch die Seiten und hielt da und dort bei einer Abbildung inne. Dschinns, fliegende Teppiche, auf dem Rand der Welt kippelnde Schiffe.

Sie raschelte mit dem Geschenkpapier auf der Suche nach einer Karte, irgendeinem Hinweis darauf, wer ein solches Geschenk erhalten hatte oder wer so großzügig gewesen war, es zu machen. Noch einmal blätterte sie die Seiten um. Auf dem hinteren Vorsatzblatt fand sie einen kleinen, krakeligen Vermerk:

A A A Aus dre der iBlob Biblotehk nov von Oct a v oi ND.
Boula ger ieNoterNotreDame. 8. Parsi Par ppp Paris.

Von einem Kind für ein anderes, dachte Isabeau. Als sie die Augen hob, sah sie einen Parkwächter in der Nähe der Bäume den Kies harken. Ihre Blicke begegneten sich, und Isabeau hielt den Atem an und dachte, sie sei ertappt worden, er wisse, dass das Buch nicht ihr gehörte. Der Parkwächter wandte sich wieder seiner Arbeit zu. Isabeau packte die *Tausendundeine Nacht* wieder in das Papier und ließ sie in ihre Tasche gleiten.

Als Isabeau an dem Abend das Museum verließ, lag ihr das Buch auf der Seele. Abgesehen von dem krakeligen Eigentümervermerk und ein paar sanft eingerollten Ecken, fand sie nur wenig zu beanstanden. Es gab keine Randbemerkungen, keine Unterstreichungen. Der Buchblock war noch fest; keine eingerissenen Ränder zeugten von einem Leser, der so gespannt gewesen war, wie es weiterging, dass er zu schnell umgeblättert hatte. Wenn das aus jemandes Bibliothek stammte, dachte Isabeau, war es nur selten gelesen worden. Jedenfalls nicht so, wie sie es gelesen hätte.

Nachdem sie ihren Schal unter dem Kinn gestrafft hatte, betrat sie einen Tabakwarenladen und fragte nach dem Telefonbuch. Sie fuhr mit dem Finger Spalte um Spalte von Notre-Dames ab: Apotheken und Antiquariate und Barbiere und Buchhalter und Cafés und Chauffeure und Damenausstatter und Floristen und Juweliere und Notare und Optiker und Patisserien und Tabakwarenläden; Kathedralen, Kapellen, Pfarrämter, Schwesternorden, Wohltätigkeitsvereine und Devotionalienhandlungen.

Es gab ein paar Bäckereien Notre-Dame, und nur eine im 8. Isabeau kramte in ihrer Handtasche nach einem Stift und einem Stück Papier. Sie notierte sich mit ihrer säuberlichsten Handschrift die Adresse und eilte aus dem Geschäft.

Henri Fournier hockte vor dem Bücherstand. Obwohl ganze Scharen von Sommerspaziergängern in Wellen die Uferstraße entlanggezogen waren, hatte es nur einen einzigen interessierten Stöberer gegeben. Sein Sonntagsstammkunde war schon Stunden zuvor da gewesen. Er hatte drei Bücher gekauft. Henri wagte nicht, sich auszumalen, was er ohne seinen äußerst kuriosen, quälend schüchternen, aber verlässlichen und pünktlichen Bäcker gemacht hätte.

Henri döste fast ein. Er brauchte eine Ablenkung. Die Uferpromenade hatte sich bis auf ein paar Touristen, die am Brückenkopf des Pont des Arts herumschlenderten, weitgehend geleert. Er begann, mit geschlossenen Augen, die Hand über die Buchrücken streichend, vor dem Stand auf und ab zu gehen.

Beim Buch seines Großvaters blieb er stehen. Seine Finger waren mit der geprägten Raute auf dem vorderen Deckel, den Nadellöchern in deren Ecken, den Pantoffeln mit den aufgebogenen Spitzen wohl vertraut. Die Blutorangenfarbe hatte er sich schon vor langer Zeit fest eingeprägt.

Henri zog das Buch aus dem Regal. Er fuhr mit dem Zeigefinger über den Vorderschnitt und fand die Mitte. Mit einer einzigen flüssigen Bewegung öffnete er das Buch auf seinen Unterarmen. Behutsam, als könnte es bei der leisesten Bewegung zu Krümeln zerfallen, ließ er es zu Boden nieder.

Links auf dem Verso, rechts auf dem Recto.

Henri schloss die Augen. Er breitete die Arme bis auf Schulterhöhe aus und spreizte die Finger so weit es ihm möglich war.

Behutsam, Henri. So schwerelos wie Federn.

Henri krümmte seine Zehen um die kühle Glätte von Eierschalen. Die Eier lösten sich in Sand auf, und er spürte, dass er versank. Er stand am Ufer des Meeres, die Wellen unterhöhlten rund um seine Füße den Sand. Er wackelte mit den Zehen. Eine weitere Welle spülte das Ufer hinauf. Henri meinte, das Gleichgewicht zu verlieren. Er öffnete die Augen, um sich wieder zu stabilisieren, und erwartete, eine Reihe von Touristen zu sehen, die ihn kichernd anstarrten.

Der Kai war verschwunden. Die Bücherstände, die Bäume, die Laternen, die Touristen, die Brücke, der Fluss, alles weg. Henri blickte nach unten. Seine Füße befanden sich noch immer auf dem Buch. Aber anstelle des Bürgersteigs sah er jetzt Hausdächer langsam unter sich vorbeigleiten. Er konnte zwischen den Gebäuden gespannte Fahnengirlanden und Glühbirnen sehen, erinnerte sich dann, dass es zum Feiertag nur ein paar Tage hin war. Während das Buch ihn immer höher trug, fächerte sich die Stadt zu einem gewaltigen Kreis auf, während sich das Band der Seine durch ein Labyrinth von Straßen und Boulevards und Gärten schlängelte. In der Ferne waren Hügel, Kirchtürme, Felder, Obstgärten; und dann zwischen den Wolken, weit in der Ferne, eine dünne blaue Schliere von Meeresküste.

Henri lachte und schloss die Augen und spürte den Wind, der ihm das Gesicht kühlte.

Er sah nicht eine junge Frau vorüberhasten, dann plötzlich stehenbleiben und zum Stand zurückkehren. Sie kramte den Bestand durch, strich mit der Hand über eine Blindprägung hier, inspizierte ein Vorsatzblatt dort, hob ein Buch ans Gesicht und atmete tief ein. Sie bewunderte die Zeichnung mit dem Jungen und seinem Schiff. Dann, als ihr bewusst wurde, wie spät es war, eilte sie davon in Richtung Pont des Arts.

Sie sagte sich, dass sie noch einmal zum Bücherstand zurückgehen würde. Wo war ich nur mit dem Kopf, dass ich ihn bis jetzt nicht bemerkt habe?, dachte sie. Er war unmöglich zu übersehen, in diesem interessanten Grünton lackiert, wie er war.

Sie war schon halb über die Brücke, als Henri vom Buch seines Großvaters herunterstieg und es an seinen Platz zurückstellte. Er rückte seinen Hocker zurecht und lehnte sich mit dem Rücken gegen den Stand. Ein Lächeln breitete sich auf seinem Gesicht aus.

Isabeau erreichte das Ende der Brücke und wandte sich zu den Tuilerien.

Unter ihr, am Ufer des Flusses, hockte ein alter Mann auf seinen Fersen, neben sich eine zerfetzte Reisetasche. In seinen Händen war eine quadratische Leinwand. Er legte sie behutsam auf das Wasser und ließ sie vor und zurück gleiten. Die zarte Tönung von Gebäuden, der Perlmutthimmel, die grünen Bücherstände, ein gelbes Kleid, das den Kai entlangspazierte, alles löste sich langsam auf und trieb in Schlieren mit der Strömung davon.

Als Isabeau am Becken in den Tuilerien vorbeiging, widerstand sie der Versuchung stehenzubleiben. Ein anderer Sonntag, und sie würde dort gegenüber sitzen, glücklich mit ihrem Buch, und würde ab und zu von der Seite aufschauen, ob ihr Geschichtenerzähler in Sicht kam. Sie liebte diese Sonntage. Aber sie wusste, dass die heutige Erledigung wichtig war. Jemand vermisste sein Buch. Und wenn sie zu spät in den Tuilerien zurück sein würde, wenn sich herausstellen sollte, dass sie ihren Geschichtenerzähler verpasst hatte, war es auch nicht so schlimm. Die nächste Woche würde kommen, das Becken würde sie erwarten, und das Leben würde zu seinem gewohnten Rhythmus zurückkehren.

Isabeau schaute unter die Bäume, sah, dass ihr Stuhl da war, wo er sein sollte, und eilte weiter.

Der Schal fällt hinunter. Den Kopf neigend, zieht die junge Frau eine Haarlocke hinter ihrem Ohr hervor und lässt sie über ihre Wange fallen. Sie schaut auf, ein Schokoladenauge blickt hinaus zum Bäcker.

Ich habe etwas, das Ihnen gehört, Monsieur.

Sie hält ihm das Buch hin. Aus Ihrer Bibliothek, glaube ich.

Der Bäcker streckt die Hand nach den *Tausendundeine Nacht* aus, zögert dann. Mein – ich – Sie haben es gefunden.

Die junge Frau beruhigt ihn mit einem Nicken. Ich hatte auf eine Geschichte gehofft, sagt sie.

Der Bäcker nimmt den Streif von Weiß im Haar der jungen Frau und führt ihn hinter ihr Ohr zurück. Sie betrachtet seine Augen: das strahlendste Grau, das nach einem Anfang sucht. Sie lächelt und bindet ihr Haar mit dem Schal zurück.

Erzählen Sie mir, wie wir hierher gekommen sind, sagt sie.

Quellenangaben

Das Motto ist Charles Baudelaires Essay *Der Maler des modernen Lebens* entnommen, übersetzt von Friedhelm Kemp und Bruno Streiff in: Charles Baudelaire, *Sämtliche Werke / Briefe.* Band 5. Hanser, München 1989. (A. d. Ü.)

Die Beschreibungen von Émile Notre-Dames Lieblingsblatt und dessen Illustrationen wurden von zahlreichen Sonntagsausgaben des *Petit Journal* inspiriert, einer Tageszeitung, die von 1863 bis 1944 in Paris erschien.

Der Artikel über das Seine-Hochwasser vom Januar 1910, den Émile nicht liest, ist eine Bearbeitung des Augenzeugenberichts von H. Warner Allen, der in *The World's Great Events,* P. F. Collier & Son, 1950 nachgedruckt wurde.

Verschiedene Bilder in diesem Roman verdanken ihre Idee Fotografien von Robert Doisneau (1912–1994) und Henri Cartier-Bresson (1908–2004).

Dank

Laura Barber und Martha Kanya-Forstner. Für ihren transatlantischen Wahnsinn, sich dieses Romans anzunehmen, ihr Beharrungsvermögen ungeachtet der stetig schwindenden Wahrscheinlichkeit, dass er je abgeliefert werden würde, sowie ihre beständige editorische Klugheit, Feinfühligkeit und Großzügigkeit.

Suzanne Brandreth, der unermüdlichen Hüterin, Streiterin und Stimme der Vernunft.

Den Verlagen Doubleday Canada und Portobello Books (Vereinigtes Königreich). Ihre Unterstützung bleibt unerschütterlich, wenn auch nach wie vor etwas verblüffend.

Dem neuen Zuhause in Hamburg: Lena Emmerich und dem gesamten Team bei Hoffmann und Campe. Ihr Einsatz ist inspirierend, ihr Enthusiasmus ansteckend.

Und Rebecca Richardson. Dafür, dass sie sich die Idee anhörte, aus der schließlich dieser Roman wurde, während wir vor der Kathedrale von Chartres *en plein air* zu Mittag aßen. Für Lesen und Nochmallesen und Nochmallesen und Nochmallesen. Für die Idee mit dem Brand. Wie immer, DML.